小泉八雲先生の「怪談」蒐集《しゅうしゅう》記《き》

峰守ひろかず

目次

この先何年たっても、世界はいぜんとして超自然をテーマにした文学に喜びを見出す。それは変らない（注・原文ママ）だろう。いくら幽霊の存在が信じられないにしても、それが表わす（注・原文ママ）真理にたいする人間の関心まで小さくなることはけっしてないのである。

（ラフカディオ・ハーン「小説における超自然的なものの価値について」より）

第一話　ヘルン先生、人食い鬼を見に行く——「食人鬼《じきにんき》」より

禅師は不審ながら其家の一間の内に座禅して居らるゝに、夜更てひそかに一人来し物ありて、死人をいだきをこして、猫の鼠を食がごとくにもありたるならん、尻も頭も手も足もみな食ひつくして腹をふくらし、そなへものもみなくらひしまひて、あとかたなくして去にけり。

（「通俗　佛教百科全書」より。なお、引用に際して句読点を補った）

東京《とうきょう》市牛込《うしごめ》区市谷《いちがや》。後に東京都新宿《しんじゅく》区の一角となるこの土地の見晴らしのいい高台に、二階建ての借家が一軒、建っていた。玄関脇には「小泉」と表札が出ていたが、住人は最近越してきたばかりと見えて、家にはまだ生活感が染みついていない。

明治《めいじ》二九年（一八九六年）の秋口のある小雨の日の昼時、この家の玄関先に、若々しい少女の声が響いた。

「ごめんくださいませ」

「はい、お待ちくださいい」

不意の来客に応対したのは、この家の主人の妻であるセツ（節子《せつこ》）だった。

大きなお腹を抱えたセツが格子戸を引き開けると、そこに立っていたのは、粗末な服装の小柄な娘であった。

背丈は四尺六寸（約一四〇センチメートル）ほどで、見たところの年齢は数え年で十六、七。簡素な麻の着物に藁草履《わらぞうり》という出《い》で立ちで、濡《ぬ》れた菅笠《すげがさ》を首の後ろに回している。黒目がちな瞳《ひとみ》が印象的な童顔で、笑えば愛嬌《あいきょう》は出そうだが、その目つきは険しく、思い詰めたような必死さが伝わってくる。

「ええと……どちらさまでしょう？」

見覚えのない顔を前にセツが訝《いぶか》しむと、娘はまず、急な訪問を丁寧に詫《わ》び、その上でセツを見上げて口を開いた。

「八尾《やび》好乃《よしの》と申します。こちらのお宅で女中を探しておられると伺ったもので、雇っていただけないかと――」

「お客ですか？　なら相手、私、します」

好乃と名乗った娘が話し始めるのとほぼ同時に、家の奥から男性の声が割り込んだ。

「あなた、身重なので無理いけません。お腹の子、とても大事です」

片言の日本語を口にしながら現れたのは、灰色の着物を着こなした中年の白人男性だった。

年の頃は四十代後半、背丈は五尺三寸（約一六〇センチメートル）ばかり。肌は浅黒く、瞳も黒く、尖《とが》った鷲鼻《わしばな》の下に口髭《くちひげ》を蓄え、黒い髪には白髪が交じっている。目はぎょろりと大きかったが、眼球の動きを見ると、左目を失明しているのが分かる。

二、三歳のあどけない男児の手を引いて現れた男性の呼びかけに、セツが「あら、パパさん」と振り返った。

「実は、この娘さんが、女中として雇ってほしいと……」

「あっ、やっぱり――！」

セツの説明に好乃の驚いた声が重なった。

「やっぱり、ヘルン先生……！」

上り框《かまち》に立つこの家の主人を見上げ、好乃が目を丸くする。「ヘルン先生」という呼び方に、夫妻はきょとんと顔を見合わせ、少しの間を置いた後、主人は首を傾げて好乃を見返した。

「その名で呼ばれる、少し久しぶりです。確かに私、ハーン《ヘルン》でした。しかし私、今の名前、小泉《こいずみ》八雲《やくも》、言います」

主人――八雲が落ち着いた仕草で名を名乗る。好乃が「小泉八雲先生……」と繰り返すと、八雲はそうですと言いたげにうなずき、続けた。

「あなたは？　どこかで会ったことありますか？」

「申し遅れました。私、八尾好乃と申します。ヘルン先生――小泉八雲先生とは、松《まつ》江《え》でお会いしたことがございます」

松江。好乃がその地名を口にした途端、八雲は元々大きな右目をさらに見開き、「そうでしたか」と懐かしげに笑みを浮かべた。

後に「怪談」の作者として知られることになる小泉八雲――旧名ラフカディオ・ハーン――は、この時、四十六歳だった。

ギリシャ生まれのイギリス人であったハーンは、この年の二月に日本に帰化、小泉八雲と改名していた。帝国大学（後の東京大学）に文科大学講師として招かれた八雲はこの九月に上京しており、現在の借家に住み始めたのはつい先月のことだ。

なお、妻のセツは二十八歳で第二子を妊娠中で、長男の一雄《かずお》はわずか三歳であった。

四十歳の時に来日した八雲は、日本各地を転々としており、明治二三年（一八九〇年）の八月から翌年の十一月までの間、中学校と師範学校の教師として島根県松江に滞在していた。妻のセツと知り合ったのもこの松江時代のことである。

古い文化が息づき、風光明媚《ふうこうめいび》な松江の風土を八雲はことのほか気に入っており、教え子や町の子供たちからは「ヘルン先生」と呼ばれて親しまれていたと記録にある。

「松江、とてもいいところでした……。しかし私、好乃のこと覚えていません。謝ります」

「いえ、そんな、滅相もありません……！　私は学校に通っていたわけではありませんので、覚えておられないのも当然です。友達と一緒に、何度かお話ししたことがあるだけですから……。それに、あの頃の私は小さかったので、覚えておられても分からないと思います」

八雲に頭を下げられた好乃が慌ててとりなす。それを聞いたセツは口元を押さえて苦笑した。

「懐かしい話ですね。パパさん、子供たちの話を聞くのお好きでしたから」

「好きでした、いいえ、違います。今でも好きです。ただ、時間取れないだけです。それで好乃、あなた松江の人ですか？　なぜ東京に？」

馴染《なじ》みのある土地の出身と知って親しみを感じたのだろう、八雲が身を屈《かが》めて問いかける。小泉夫妻、それに事態をよく分かっていない長男の一雄に見つめられ、好乃は「実は……」と話し始めた。

元々、好乃の一家は、松江の沖合に浮かぶ隠岐《おき》諸島の島の一つ、島後島《どうご》に住んでいた武士であった。八尾という姓も島後島を流れる川から取ったものだ。

八尾家は好乃の曽祖父《そうそふ》の頃、藩の命令で松江に移り住んだのだが、程なくして明治維新が起こり、一切合財を失った。それ以降八尾家は困窮し、好乃は父一人娘一人の貧しい暮らしを続けてきたが、先日父が病死してしまった。

十六になったばかりの娘一人では、家を維持していくのは難しい。そこで、残った家財を全て処分し、遠縁にあたる東京の親戚《しんせき》を頼って単身で上京してきたのだ──と好乃は語った。

「今は中野《なかの》の親戚の家に居候させてもらっているのですが、そう広い家ではありませんから、長居するわけにもいかず、住み込みで働けるところを探していたのです。そんな折、人伝《ひとづて》に、牛込の小泉という先生が女中を探していて、その先生は元々はラフカディオ・ハーンというお名前だったそうだ、という話を聞いたのです。そこで、これも何かの縁と思い、お願いに上がった次第でございます」

姿勢を正した好乃が頭を下げる。好乃の口調は明治以降に一般化された標準語だったが、言葉の節々には山陰の訛《なま》りが残っている。それを懐かしく感じたのか、八雲は大きな右目を細め、申し訳なさそうに頭《かぶり》を振った。

「私、やはり好乃のこと思い出せません。すみません」

「そうですよね……。申し訳ありません」

「ですが私、松江のこと、よく覚えています。二年足らずでしたが、かけがえのない時間でした。幾つもの昔話や伝説を聞いたこと、宍道湖《しんじこ》の夕暮れ、隠岐の潜戸《くけど》、松江の大橋……。それに、松江は音も素敵な町でした」

「音……ですか？」

「はい。まるで心臓の鼓動のような米搗《こめつ》きの音に始まり、寺の鐘や太鼓、野菜や薪を売る人々の声……。今でも目を閉じるだけで、思い出せます。あの松江に比べると、私、東京あまり好きでない。町も人もうるさいだけ、つまらないです」

そう言って八雲は大袈裟《おおげさ》に肩をすくめてみせた。この家ではお馴染みの文句なのだろう、セツは苦笑一つでそれを受け流し、穏やかに微笑んで問いかけた。

「それでパパさん、どうされます？」

「私、好乃、雇いたい思います。女中さん探していた、本当ですし、それに好乃の姓、『八尾』言いますね？『八雲』と『八尾』では『八』が通じます。私、これも縁、思います」

「それでは――」

ずっと不安そうだった好乃の目が初めて期待に輝いた。八雲はその大きな瞳《ひとみ》をまっすぐ見返し、「よろしく頼みます」とうなずいた。

＊＊＊

雇用が決まった好乃は早速、居候先の親戚宅を引き払い、小さな風呂《ふろ》敷《しき》包み一つだけを抱えて八雲邸へと戻ってきた。八雲は好乃に女中部屋として四畳半の部屋を与え、好きに使っていいと伝えた。

「私たちの家、女中、好乃一人だけです。今、増える予定ありません。忙しいかもしれませんが、お願いします」

「はい、旦那《だんな》様」

「『旦那様』？」

好乃が口にした呼称に、八雲が大きく眉根《まゆね》を寄せる。その反応が予想外だったのか、荷物を下ろしたばかりの好乃は首を傾げた。

「『旦那様』ではいけなかったでしょうか？　お仕えする家のご主人なので、そうお呼びするのが普通だと思ったのですが……」

「分かります。好乃、間違っていません。しかし私、それ、窮屈感じます。好きでないです」

「そうですか……。では、昔通り、『先生』とお呼びするのでは？」

「いいですね」

好乃の提案を受けた八雲の顔に笑みが浮かぶ。ほっと安堵《あんど》する好乃が見上げた先で、八雲は「先生」という呼び名を嚙《か》み締めるようにうなずいた。

「私、『教授』とか『プロフェッサー』呼ばれる、好きでありません。でも、『先生』良いですね。親しみがある。それと好乃」

「はい、何か？」

「あなた、笑わないですね」

「えっ？」

「とても必死そう、見えます。誰にも気を許せない、思っているようです」

八雲がそう指摘すると好乃ははっと息を吞《の》んだ。図星を指されたとでも言いたげに言葉を失う好乃に、八雲がゆっくり語りかける。

「気張る、確かに大事です。でも、ずっとそれ、いけません。好乃も、周りの人も、疲れます。ここではリラックスしてください。リラックス、分かりますか？　気を休める、馴染む、笑う。これ、とても大事です」

「分かりました。……私、一人で生きてきたもので、どうしてもこういう風になってしまって……。自分でもよくないとは思っているんですが……。気を付けます」

「はい。気を付けてください。では、家の仕事、今から説明しますが、先に聞いておきたいこと、ありますか？」

「そうですね……。あの、このお宅にお住まいなのは、先生と奥様とお坊ちゃんの三人だけですか？」

「ママさんのご両親……おじいさんとおばあさんが離れにおりますが、あのお二人はまだまだお達者で、ご自分たちのこと、自分でできる、言っておられるので、あまり気に掛けなくて大丈夫です。それともう一人、書生の——」

八雲がそう言いかけた時、玄関の方から戸を引き開ける音と「ただいま帰りました！」という若い男性の声が響いた。それを聞くなり八雲は、おお、と声をあげ「丁度帰りましたね。紹介しましょう」と好乃に告げて歩き出した。

＊＊＊

「小泉八雲先生のお宅でお世話になっております、武蔵己之吉《たけくらみのきち》と申します。帝大の文科大学に通っています。群馬出身、十九歳です」

八雲から好乃を紹介された長身の書生は、背筋をピンと伸ばして名を名乗り、「どうぞよろしくお願いいたします」と深く頭を下げた。

己之吉の背丈は六尺（約一八〇センチメートル）弱で、髪はさっぱりと短く刈り込まれ、無地の着物に袴《はかま》という書生らしい出《い》で立ちである。長身の己之吉は小柄な好乃とは頭二つ分ほどの身長差があったが、よく言えば優しげな、悪く言えば気弱そうな顔立ちや、肉付きの薄いひょろっとした体格のおかげで、迫力や威圧感は薄かった。

この時代、進学などの理由で都市に引っ越す若者は増えたが、問題となったのは彼らの住居であった。若者が単身で居住できる賃貸アパートのような施設はまだほとんど存在しなかったため、彼らの多くは伝手《つて》を頼って一般の民家に書生として下宿した。八雲の家にも常に一、二名の書生がいたという。

八雲は好乃と己之吉を引き合わせると、「では己之吉、仕事の解説お願いします。私、講義の支度あります」と立ち去ってしまったので、好乃は己之吉から説明の続きお願いします、と好乃が改めて一礼すると、己之吉は照れ臭そうに顔を赤らめ、腕を組んで口を開いた。

「いやしかし、来てくださって助かりました。先生は講義や書き物でお忙しいし、奥様は身重な上に坊ちゃんの面倒を見るので手いっぱいで、家事もお使いも僕に回ってきておりまして……。正直、一人では限界があると思っていたところなのです。ですがそこに好乃さんが――あの、つかぬことを聞きますが」

「何でしょう？」

「『好乃さん』とお呼びしても？」

「呼び捨てにしていただいて構いません、己之吉様。それに、私は女中ですから、敬語を使っていただくのはおかしいと思います」

「そ、そうですか――いや。そうか。ならばそうするが……いやしかし、女性を呼び捨てにするのは抵抗があるなあ。やはり『好乃さん』と呼んでもいいだろうか？　それと、『様』を付けられるのも気恥ずかしいので、『さん』あたりでどうだろう」

「かしこまりました、己之吉さん」

居心地の悪そうな顔の己之吉を前に、好乃が冷静にうなずく。この書生は女子と接することにあまり慣れていないようだな、と好乃は思った。

その後、好乃は己之吉から家の設備や家事についての説明を受けた。諸々の用事を一手に引き受けていたというだけあって、己之吉の話は具体的かつ明瞭《めいりょう》で、好乃にとってはありがたかった。

やがて説明が一段落すると、己之吉は台所の土間の上り框《かまち》に腰を掛け、「それにしても」と好乃を見た。

「大変だな。好乃さんのような若い女子が単身で上京とは」

「今の時代、どこにでもある話では？　私も、もう少し背が高くて女らしい形《なり》なら、他の手もあったでしょうが、この子供のような背丈では、お女郎やお妾《めかけ》になることもできませんから……」

「ああ。妾なあ」

好乃の淡々とした切り返しに、己之吉は思わず溜息《ためいき》を落とした。

裕福な男性が、正妻以外の愛人、いわゆる妾を抱える風習は近世以前から存在した。だが、江戸《えど》時代までは妾の存在は世間に秘匿されていたのに対し、明治以降、新たな富裕層の出現に伴って、公然と若い愛人を抱える男性が増え、彼らの一部は一夫多妻制を主張するまでに至っていた。

己之吉の出身地は雪深い山麓《さんろく》部の農村で、生家は代々の庄屋《しょうや》である。百姓ながらそれなりに現金収入や蓄えもあり、だからこそ己之吉は大学に来ることができたのだが、同郷の知人には貧しい者も多い。彼ら彼女らの暮らしの辛《つら》さを――特に資産や田畑を持たない家の女性の場合はいっそう苦しいということを――己之吉は実体験を通じて知っていた。首を吊《つ》るか身を売るか、というような切羽詰まった事態も珍しくなく、そのことを思えば、裕福な男性の愛人になることが幸せな選択肢のように語られるのも理屈では分かる。

分かるのだが、と己之吉は思った。

「しかし、いい歳の大人が、金に飽かせて自分の子よりも若い娘を堂々と囲うというのはなあ。大人げないと言うか、みっともないと言うか……。何より、娘が不憫《ふびん》ではないか」

「己之吉さん？　どうなさったのですか？　急にブツブツと……」

「え？　ああ、失敬。ちょっと考え事をな」

好乃に声を掛けられ、己之吉は頭を掻《か》いて好乃を見返した。上り框に腰掛けた己之吉と土間に立つ好乃では、目の高さが丁度同じくらいになる。好乃の顔を正面から見た己之吉は、落ち着いた娘だなあ、と改めて思った。

小柄で童顔という子供っぽい外観なのに、その言動は終始冷静だ。感情を表に出すことはなく、一度聞いた話をすぐに覚える利発さもあり、年上のはずの自分よりもよほど大人びて見える。自分もしっかりしないとな、と自戒しつつ、己之吉は腰を上げ、八雲邸での仕事の説明を再開した。

好乃はその後も落ち着きを保っていたが、己之吉に連れられてある部屋に足を踏み入れた時、きょとんと目を丸くした。

「凄《すご》い数のご本ですね……！」

足を止めた好乃が目を見張り、その隣の己之吉が「気持ちは分かる」と言いたげにうなずく。

そこは八雲が書庫として使っている部屋だった。出入り口と窓以外の全面が書架になっており、古今東西の本が隙間なく並んでいる。

「こんなにたくさんのご本、私、初めて見ました。何冊ほどあるのでしょう？」

「約二千五百冊だ。先生は愛書家なだけでなく、蒐集家《しゅうしゅうか》でもいらっしゃるからな」

好乃の驚いた顔が楽しいのだろう、己之吉が笑みを浮かべて自慢げに語る。

壁にずらりと並んだ蔵書のジャンルは様々だが、その大半はアルファベットの背表紙を持つ洋書だった。和綴《わと》じの和書や漢書も交じっているものの、それらの数は比較的少ない。そのことに気付いた好乃が「西洋のご本が多いのですね」と感想を漏らすと、己之吉は「それはそうだ」とうなずいた。

「何せ、先生は漢字が読めない」

「え？　そうなのですか？」

「ああ。だから伝言を残す時は必ずカナで書くこと。それも大きくな。好乃さんも知っているだろうが、先生は隻眼で、見える方の右目もかなりお悪い」

「分かりました。覚えておきます」

好乃は真面目な表情に戻って首肯し、直後、軽く眉《まゆ》をひそめた。

「あの……先生は漢字がお読みになれないのであれば、ここにあるたくさんの日本語の本は、どなたが読まれるのですか？」

「主に奥様だな。奥様が先生に本邦の古今の書を読み聞かせるのが、この家の毎晩の日課なんだ」

「なるほど……」

「先生は本当に知りたがりで、あのお歳になっても新しい話や新しい知見を常に求めておられるんだ。知識を求める学生にも優しく、望まれれば喜んで蔵書を貸し出される。現に今も、何十冊かが貸し出し中で──」

滔々《とうとう》と語る己之吉の表情は誇らしげで、八雲を尊敬しているのがよく分かる。好乃が「立派な先生なのですね」と応じると、己之吉は強くうなずき、何かを思い出したように顔をしかめた。

「……まあ、先生を馬鹿にする奴もいないではないが」

「馬鹿に？　なぜです？　奥様にご本を読んでいただいているからですか？」

「いや違う。そのことはそもそもそんなに知られていないしな。ただ、先生の場合、嗜好《しこう》がちょっと――」

「しこう、とは」

「好みのことだ。……小泉先生はな、ことのほか、お化けが好きなんだ」

困った顔で已之吉が抑えた声を漏らす。それを聞くなり、好乃はきょとんと目を瞬き、少しの間を置いた後、しみじみとした声を発した。

「先生、変わっておられないのですね……」

「と言うと、あの嗜好は昔からなのか？　好乃さんは、松江時代の先生をご存じと聞いているが」

「はい。私の知る八雲先生も――当時はヘルン先生と呼ばれていましたが――お化けの出てくる昔話が大好きでした。小さな子やお年寄りが集まっているところに顔を出しては、そういう話を聞き集めておられたことを、よく覚えております。そんな時代遅れの迷信をどうするんだ、と冷ややかに見られることもおありでしたが、先生は、いつか記録をまとめて本にして、西洋に広く紹介したいから、と」

「そうか。となると、あのご趣味は筋金入りなのだなあ……」

複雑な顔になる已之吉である。已之吉はそれ以上何も言おうとはしなかったが、八雲のその趣味を好意的に捉《とら》えていないことは見れば分かった。渋面で黙り込む己之吉に、好乃は歩み寄って問いかけた。

「己之吉さんは、お化けの話はお好きではないのですか？」

「え？　僕か？　それはまあ……あまり好きではないな。妖怪《ようかい》も幽霊もありえないし、それに――」

「それに？」

「……怖いじゃないか」

好乃に見つめられた己之吉が目を逸《そ》らしてぼそりとつぶやく。心底気恥ずかしそうなその一言に、好乃は意外そうに目を瞬き、直後、ぷっと噴き出した。

「怖いって……！」

好乃が肩を震わせて笑う。初めて見せる好乃の笑顔は素朴で愛らしく、己之吉は一瞬見入ったが、すぐに我に返って声をあげた。

「わ、笑うことはないだろう！　僕は田舎育ちだから、そういう話でよく脅されていて……。いないと分かっていても、怖いものは怖いし苦手なものは苦手なんだ……！　悪いか」

「も、申し訳ありません……。悪くありません。可愛いと思います」

よほど面白かったのだろう、好乃の大きな瞳《ひとみ》には涙が滲《にじ》み、口元にはまだ笑みが浮かんでいる。こういう顔も見せるのだな、と己之吉は安心したが、三つも年下の女子に可愛いと言われてもどう返していいか分からない。返事に窮した己之吉は「それはどうも」とだけつぶやき、好乃に背を向けて書斎を出た。

「この部屋はもういいだろう。説明の続きだ」

「はい。……己之吉さん、お顔が随分赤くなりましたね」

「気のせいだ」

＊＊＊

書庫を出た後、己之吉は好乃を連れて外出し、普段買い物に行く店の場所を教えた。ついでに隣近所への顔見せや挨拶《あいさつ》も済ませて帰ってくると、玄関先では家主の八雲が半纏《はんてん》を羽織った髭面《ひげづら》の男性と話し込んでいた。

来客が持ってきたものなのだろう、三和土《たたき》にはマツムシやコオロギなどの入った小さな虫籠《むしかご》が幾つも並べられている。八雲は右目を大きく見開いてそれらを覗《のぞ》き込んでいたが、己之吉たちの帰宅に気付くと顔を上げた。

「お帰りなさい、己之吉、好乃」

「おう、書生の兄ちゃんじゃねえか。邪魔してるぜ。そっちの嬢ちゃんは……初めてだよなあ？」

半纏の男が江戸弁で問いかける。好乃が、今日から八雲邸で働くことになった女中だと自己紹介すると、男は「なるほどね」と得心し、笑って胸を叩《たた》いた。

「あっしは虫屋の鈴村松介《すずむらまつすけ》ってもんだ。こちらの先生には贔屓《ひいき》にしてもらっててねえ。まあ、今後とも一つ頼まあ」

「こちらこそ、よろしくお願いいたします。それで、『虫屋』というのは……？」

「ああ。虫屋、松江にはありませんでしたね。文字通り、虫を商う商売です。見て綺《き》麗《れい》な虫、音が綺麗な虫、そういう虫を育てたり、集めたりして、売るのです。とても素敵な商売です」

「先生は鳴く虫がお好きで、その世話も女中や書生の仕事なんだ」

八雲の解説を己之吉が補足する。「東京にはそういう商売があるんですね」と好乃が感心すると、己之吉は「気持ちは分かる」と同意した。

「僕も上京してきて驚いた。田舎では、虫なんてのは、そこらに勝手にいるものだったからなあ」

「何だい？　あっしはちゃんと足を伸ばして天然物を採ってきてるんだぜ？　文句を言われる筋合いはねえや」

「あ、いや、文句だなんて……。気を悪くされたなら謝ります」

松介に睨《にら》まれた己之吉がすかさず詫《わ》びる。八雲はそんなやりとりを聞いているのかいないのか、熱心に籠の中の虫たちを吟味し、やがてそのうちの何匹かを買い付けた。己之吉たちがそれらを自宅の虫籠へと移していると、八雲は思い出したように身を乗り出し、帰り支度中の松介へ問いかけた。

「それはそうと、虫屋さん。新しい耳寄りな話、何かありましたか？」

「ほーら来やがった。先生は本当にお好きだねえ……。お得意先での噂話は商人《あきんど》にとっちゃ当たり前だけどよ、先生の場合、切った張ったや惚《ほ》れた腫《は》れたの話はお気に召さないから厄介だ」

「すみません。私、そういう話、まるで興味ないです。私、聞きたいのは——」

「皆まで言いなさんな、先刻承知でさあ。お化けの話でしょう？」

「正解です」

「嬉《うれ》しそうに言うねえ。今の時代、そんな話なんざ、ガキも『古臭い迷信じゃないか』って馬鹿にするのに……。変わった先生様だよ、まったく。しかも本の受け売りは駄目だってんだから」

「本に書かれた話、構いません。ただ、そのまま読む、これはいけません。お化けの話、その人の言葉で語らないと、いけません」

松介のぼやきを受けた八雲がにこやかに、なおかつ頑《かたく》なに反論する。八雲の言葉を聞いた好乃が「そうなんですか？」と意外そうに己之吉を見上げると、己之吉はこくりとうなずいた。

「先生のこだわりなんだ。ただの朗読では話の持ち味が消えてしまう、物語の真価は語り手自身の言葉に置き換えられてこそ表れる、という……。奥様はこれがとてもお上手だ」

「へえ」

好乃が感心していると、松介は「まあ、あっしは本なんかろくに読まねえから関係ないですけどね」と開き直って笑った。それを聞いた八雲がうなずく。

「私、そういう人の話、好きです。で、ないですか？」

「だからさ先生、茸《きのこ》やボウフラじゃねえんだから。自然に湧いてくるもんじゃなし……と、毎度申し上げてますけどね。今回はねえ、おっかねえ話があるんですよ。あ、いや、『ある』っつうより『見た』って方が正しいか」

「見た？　と言うと、あなたが体験したですか？」

八雲が右目を見開いて問いかける。八雲、それに己之吉や好乃の注目が集まる中、松介は首を深々と縦に振り、神妙な顔で口を開いた。

「あれは一昨日《おととい》の日暮れ時のことでさあ。あっしは、いつものように虫を採りに行ったんですが……」

虫屋の扱う虫は季節によって変わる。今の時季は鈴虫やマツムシなどが主で、これらは人里周辺の草むらや雑木林に多いのだ、と松介は語った。

清流にしか棲《す》まないホタルなどに比べると調達は簡単だが、いつも同じところで採っていてはいなくなってしまうので、虫屋は新しい採集場所を常に探している。そういうわけで、その日の夕方、松介は、池袋《いけぶくろ》の某所での用事のついでに、これまで行ったことのなかった雑木林に足を踏み入れてみた。

日当たりの悪いじめじめとしたその林は、普段から出入りする人は少ないようで、狭い道は草ぼうぼうだったが、虫の音はそこら中から聞こえている。

虫屋にとってはこういう場所こそが穴場だ。目を輝かせた松介が、商売道具の虫籠を手に林に入ろうとしたところ、それを呼び止める者がいた。

「もう暗くなりますよ。そこに入るのはやめておきなさい」

そう言って松介を制止したのは、手拭《てぬぐ》いで頰かむりをした野良着の若者だった。

仕事帰りの農家らしいその若者は、訝《いぶか》る松介に「あの林には、このあたりのものは誰も入ろうとしません。特に日が落ちてからは」と忠告し、松介がその理由を尋ねると、おぞましそうに顔をしかめ、こう答えた。

「あそこには、人を食う鬼が出るんです」

若者が言うには、目の前の林の奥には古いお堂があり、そこにはかつて一人の坊主が、身の回りの世話をする小僧とともに住んでいたとのことだった。

坊主は小僧を可愛がっていたが、やがて小僧は病死してしまう。慟哭《どうこく》し、取り乱した坊主は、悲しみのあまり人の道を踏み外してしまった。

あろうことか、小僧の死体を食ってしまったのだ。

「人の道を外れた人は鬼になるといいます。鬼となった坊さんは、人の肉の味に取り憑《つ》かれてしまい、成仏もできず……。今でも夜になると、林の奥のお堂では、鬼となった坊さんが死体をしゃぶっているのだそうです。子供を脅かすための作り話とお思いでしょうが、あの林に何かがいるのは確かです。現に、肝試しに出かけた若い者たちがそれきり帰ってこなかったことも何度か……」

若者の語りは真に迫っており、松介は馬鹿馬鹿しいと思いつつも、首筋に悪寒が走るのを止められなかった。

だが、若者が「くれぐれも林には入らないように」と忠告して立ち去ると、松介は持参していたランプに火を入れ、暗い林へと足を踏み入れた。

ここで引き返しては江戸っ子の名折れだと思ったし、何より、虫屋としてこんな穴場を見過ごすわけにはいかなかったからだ。

実際、その林は虫屋にとっては宝の山だった。気を取り直した松介が、虫たちの音に惹《ひ》かれるように林の奥へと進んでいくと、林の中に大きな古いお堂があった。

広さはざっと見て六畳ほど。ぼろぼろの板屋根や格子戸は蔦《つた》で覆われ、壁の一部は朽ちて穴が開いている。

明治初めの廃仏毀釈では、多くの仏教施設が市民によって襲撃されて廃墟《はいきょ》となったが、ここはもっと前から打ち捨てられているようだった。

その荒れ果てた堂を見た途端、松介の胸中に聞いたばかりの話が蘇《よみがえ》った。

——あそこには、人を食う鬼が出るんです。

——鬼となった坊さんは、人の肉の味に取り憑かれてしまい、成仏もできず……。今でも夜になると、林の奥のお堂では、鬼となった坊さんが死体をしゃぶっているのだそうです。

あの若者が言っていたのはここのことだと松介は確信した。

あたりにはなぜか奇妙な甘ったるい匂いが漂っており、それがいっそう不気味だったが、松介はなおも前進した。

虫屋が商うような虫は、古い家の縁の下にも多い。勇気を奮った松介はそっと堂に近づいたが、その時、堂の中で物音がした。

怯《おび》えた松介が、ランプをかざし、板壁の穴から覗《のぞ》いてみると——。

「いやがったんですよ！　人食いの坊主が……！」

松介が身を乗り出して声をひそめる。その迫力に己之吉はびくんと身を強張らせ、一方、八雲は興味深げに眉根を寄せた。

「それ本当ですかい？　本当に、鬼になった坊主が人を食っていたですか？」

「疑うんですかい？　まあ、暗くてよく見えませんでしたし、お堂に入って『てめえは坊主の成れの果ての鬼か？』って尋ねたわけでもないですけどね。でも、袈裟みたいな黒い衣を被った人間にしか見えない何かを、こう、ガリガリと齧ってやがったのは確かですぜ。あっしはこの目でちゃーんと見たんだから」

「ほう……！　それでどうしましたか？」

「どうしたもこうしたもねえですよ先生。背筋がぞーっと冷たくなったもんだから、飛んで帰ってきましたよ。いやあ、あんなおっかねえ思いをしたのは、生まれてこの方初めてでしたぜ」

腕を組んだ松介が噛み締めるように語る。話を聞き終えた八雲は「なるほど……」とうなずき、松介に向かって頭を下げた。

「とても興味深いお話、ありがとうございます。それは確かに、食人鬼ですね」

「ジキニンキ？　何だい、そりゃあ」

「食う、人、鬼、と書いて食人鬼と読みます。人を食べる鬼のことです。私、知ってる話でも、僧が死体を食らう鬼になります。夢窓《むそう》禅師という立派な僧侶《そうりょ》が旅をしていた時、ある小さな村で葬式を見るのですね。その村、葬式の後、遺体だけを残して、全員が家から立ち去るという奇妙な風習、ありました。一晩明けてから帰ってくると、遺体消え失《う》せている、いうのです」

「はあ……。何だか気味の悪い話だねえ。それで？」

「はい。怪しんだ禅師、残って様子を見ることとしました。夜更け、禅師が隠れていると、おかしなもの入ってきて、遺体を食べてしまいます。これが食人鬼です。その食人鬼の正体、ある僧侶でした。信心せず、お金のためにお経をあげていた、徳の低い僧でした。彼、不徳が祟《たた》って、死んだ後に食人鬼になってしまったのです。食人鬼となった僧、禅師に自身の身の上を打ち明け、弔ってくれ、頼んで、消えてしまった……という、短いお話です。己之吉、読んだことありますか？」

「え？　す、すみません……。それは読んでおりません」

ふいに八雲に話を振られた己之吉が申し訳なさそうに目を伏せる。さらに己之吉が「僕が知っている食人鬼と言えば、『雨月物語』くらいで」と言い足すと、松介がそこに口を挟んだ。

「そっちはどういう話なんです？」

「上田《うえだ》秋成《あきなり》が書いた奇談集の中の一編ですね。美しい稚児《ちご》を愛した僧侶が、稚児の死体を食べて鬼になってしまうというもので……。先生の仰《おっしゃ》ったものよりは有名だとは思います」

「ほほう。そっちの方があっしの聞いた話に近いな。にしても、さすが学者先生と書生様だ、物知りだねえ。つまり、坊主は昔っからしょっちゅう死体を食う鬼になってたわけだな。厄介な連中だ」

「いや、そういう理解はどうかと……」

松介の感想を受けた己之吉が困った顔になる。二人のやり取りを八雲は微笑ましそうに眺めていたが、ふと好乃へと目をやった。

松介が食人鬼の話を始めて以来、好乃はずっと黙ったままで、表情は冷めている。その様子が気になったのか、八雲は軽く眉根を寄せたが、何も言おうとはせず、松介へと向き直った。

「それで？　あなたが見た鬼、どうなったです？」

「さあねえ。まだあそこにいるんじゃないですか？　おっと、あんまり長居しちゃあ次のお得意様に怒られちまう。じゃあ、あっしはこのへんで！」

そう言って頭を下げると、松介は幾つもの虫籠《むしかご》を括《くく》りつけた天秤棒《てんびんぼう》を担ぎ、八雲邸を後にした。残った三人は誰からともなく顔を見合わせ、まず己之吉が口を開いた。

「今の東京でもああいう話があるんですね。それにしても怖かった……！　好乃さんも怖かっただろう？」

「いいえ、全然」

己之吉に同意を求められた好乃が首をきっぱり横に振る。予想外の反応に、己之吉が「怖くなかったのか？」と尋ねると、好乃はこくりと首肯し、落ち着いた表情のまま切り返した。

「己之吉さんは何がそんなに怖いのです？」

「だって人を食う鬼だぞ」

「そんなものが出ると本気で思っておられるのですか？　人が鬼になることなど、そうそう起こることではないと思いますが……」

「それはそうかもしれないが……じゃあ、好乃さんは今の話を何だと思うんだ？　虫屋の松介さんは、口こそ悪いが、嘘を吐くような人じゃないぞ」

「そこまでは分かりません。ですが、見間違いか勘違いと考えた方が自然ではありませんか？　怖がるのは馬鹿馬鹿しいと思います」

「ば――馬鹿馬鹿しいとは何だ！　僕が馬鹿だと言いたいのか？」

好乃の冷淡な言葉に己之吉は思わず声を荒らげたが、そこに八雲が割って入った。

「まあまあ己之吉。大声出す、いけません」

「す、すみません……。ついお恥ずかしいところを……。と言うか、先生は今の話をどう考えておられるんですか？」

　顔を赤らめた己之吉がおずおずと問いかける。己之吉と好乃に見据えられた八雲は、少し思案した後、困ったような苦笑いを浮かべてみせた。

「とても興味深い話でした。……ですが、残念ながら、私、好乃と同じ意見です。おそらく、本当の鬼でない、思います」

「えっ？」

　八雲の回答が意外だったのだろう、好乃がはっと目を見開いた。同時に己之吉が「どうしてです？」と問いかける。

「何か根拠があるのですか？」

「根拠、ありません。ですが、可能性として――」

　八雲は何かを言いかけたが、その言葉はすぐに途切れてしまった。己之吉と好乃が顔を見合わせると、八雲は「そうですね」と独り言ち《ご》、楽しそうに口を開いた。

「虫屋さんが食人鬼見たの、池袋とのことでした。そんな遠くありません。せっかくですから、皆で、現地に確認、行きましょう」

＊＊＊

その翌日の夕方、八雲と己之吉、それに好乃の三人は池袋を訪れた。

松介の話を手掛かりにあたりを散策した一同は、早速それらしい雑木林を見つけたが、そこに分け入ろうとしたところ、呼び止める声が後ろから響いた。

「お待ちなさい。あなた方、そこの林に何か御用でも？」

その声に八雲たちの足が止まる。三人が振り返ると、そこに立っていたのは野良着姿の若者だった。畑仕事の帰りなのだろう、汚れた手拭《てぬぐ》いを頭に巻き、草刈り鎌を携えている。

若者に疑わしげな目を向けられた三人は顔を見合わせ、八雲が一同を代表して口を開いた。

「ここに少し興味あるだけです。もしかしてあなた、先日、虫屋の松介さんに警告した方ですか？」

「虫屋……？　ああ、こないだの御仁か。と言うことは、異人さん方はあの人の知り合いですか？　だったらこの林の話も聞かれているのでは？」

「聞きました。古いお堂、人を食う鬼、夜に出る。だから近づく、いけないと」

「何だ、知っておられるのか。なら話は早いですが、くれぐれも――」

「はい。私たち、林入るつもりありません。たまたま近く来たので、見に来ただけです。すぐ帰ります」

若者の忠告に被《かぶ》せるように八雲が口を開く。それを聞いた若者は「だったらいいが」と納得し、どこへともなく立ち去ったが、若者が姿を消すなり、八雲は己之吉と好乃に向き直った。

「ではお堂を見に行きますか」

「先生⁉　今、林には入らないと仰《おつしや》ったばかりでは」

「嘘も方便です」

抜け抜けと言い放ち、八雲は林へ踏み込んだ。

まだ日が沈んだばかりなので、灯《あか》りがなくとも周囲の様子は見えるが、昼でもなお暗そうな林の中に、目の悪い八雲を先頭で行かせるわけにはいかない。己之吉は青ざめた顔のまま八雲の前に回り、好乃がその隣に並んだ。先を行く若い二人を、八雲が後ろから急《せ》き立てる。

「さあ、急いでください」

「そんな慌てなくても、お堂は逃げないと思いますが……。まあ僕としては早く帰りたいと言うか、そもそも来たくなかった……」

「しっ」

己之吉がぶつぶつとこぼす文句を遮ったのは好乃だった。

昨日同様落ち着いた表情の好乃は、口元に立てた人差し指を前方に向け、あのお堂だと思います、と小声を発した。

その言葉通り、生い茂った草木の奥には、朽ちかけた堂が建っていた。

松介の語ったように、堂の周囲には甘ったるい匂いが薄く漂っており、堂に近づいた己之吉は思わず眉《まゆ》をひそめた。山中の農村出身の己之吉は森林には馴染《なじ》みがあるが、こんな匂いは森でも山でも嗅《か》いだことがない。

「何だこれは？　樹液の匂いでもなし、何かが腐った匂いでもなし……」

「それよりお堂です。己之吉、覗《のぞ》いてみてください。そこ、壁に穴、あります」

「僕がですか⁉」

「消去法です。私、目、悪いです。暗いところ見えません。好乃、背が低いです。壁の穴に背、届きません」

「そうですね。では己之吉さんお願いします」

「好乃さんまで⁉　わ、分かりましたよ……。見ればいいんでしょう、見れば」

己之吉は開き直ったように言い放ち、蒼白《そうはく》な顔を板壁へ近づけた。

必死に息を殺しながら片目を壁の穴に付けると、屋根の穴から細く差し込む夕日が、がらんとした板張りの部屋を照らしている様が目に映った。

どうやら、噂の食人鬼の姿はないようだ。

己之吉は一安心したが、その直後、床にごろごろと転がっている細長いものに目が留まった。一見すると大ぶりな棒のように見えるが、それらの先は五本に枝分かれしており、何かを摑《つか》むように折れ曲がっている。

人間の腕だ、と己之吉は気付いた。

しかもそれらには、齧《かじ》った跡がはっきりと残っており……。

──でも、袈裟《けさ》みたいな黒い衣を被った人間がね、人の手足にしか見えない何かを、こう、ガリガリと齧ってやがったのは確かですぜ。あっしはこの目でちゃーんと見たんだから。

松介の語りが脳裏に蘇《よみがえ》り、己之吉は思わず堂から飛び退いていた。

「ひいっ！　く、食い残し……！」

「何ですって？」

「食人鬼の食い残した腕です、先生！　齧られた腕がゴロゴロと、堂の中に……！

ああ、ここはやっぱり──」

怯《おび》え切った己之吉の悲鳴に焦った声が重なった。

「あんた方！　何をしてなさる！」

ひっ、と息を吞《の》んだ己之吉が振り返ると、林の入り口で出くわしたあの若い農夫が、息せき切って立っていた。頭に手拭いを巻いた野良着の若者は三人をキッと睨《にら》みつけ、険しい声を発した。

「ここで何をしているのです？　林には入らないと仰ったではありませんか！　いいですか、このお堂には人を食う鬼が――」

「食人鬼、出ないです」

若者の口早な糾弾を遮るように、八雲が穏やかに断言した。虚を衝《つ》かれた若者が反射的に黙り込む。

若者、己之吉と好乃が見守る中、八雲は何かを確かめるように鷲鼻《わしばな》をひくひくと動かし、その上で大きく肩をすくめてみせた。

「もしかして、万に一つでも、と思ったのですが……残念です。やはり、あなたが食人鬼の正体ですね」

野良着の若者に向かって八雲が言い放つ。そのあっさりとした指摘に、若者は一瞬絶句したが、すぐに声を荒らげた。

「正体？　な、何を急に……！　そんな言いがかり――」

「言いがかりではありません。まず、あなた、丁度良すぎでした。虫屋さんも私たちも、林に入ろうとした時、声を掛けられています。毎回、そんな都合良く通りかかりますか？　おかしい思いませんか？」

「……え」

「おそらく、あなた、この林に身を潜めていた。それで、人が近づいてくると、通りかかった装って警告していたですね？　それでも林に入ってきて、お堂に近づく人いた時は、あなた、先回りしてお堂に入り、食人鬼のふりして脅かして、追い返していた。でも今回は、私たちがまっすぐお堂に来てしまった。だからあなた、間に合わなかった。違いますか？」

「そ、それは――」

八雲の問いかけに若者が目を逸《そ》らして口ごもる。だが、その反応は、八雲の言う通りだと認めたようなものだった。

「だから先生は急がれたのか……！」

己之吉がはっと目を見張り、好乃はただ無言で八雲と若者のやり取りを見守っている。青ざめた若者は「何の証拠があって……」と食い下がったが、八雲は落ち着きを保ったまま答えた。

「私、あなたの足音、しっかり聞こえていました。私、目は悪いですが、耳はいいのです。何でも聞き取るので、『耳の人』と呼ばれたことあるくらいです。あなた、立ち去ったふりして、私たちの後つけていましたね？」

「え。いや、そんなことは――あっ、でも、それより、このお堂で死体を齧っていた者を見た人は大勢いるんですよ？　ふりで死体を齧れますか？　今だって堂の中に腕が転がっている！　そこのあなた！　あなたは食べ残しの腕を見たんですよね？」

「僕ですか？　はい、確かに……！　あ、あの、先生？　こちらの方が食人鬼のふりをされていたのなら、お堂の中の腕は一体……？」

「菓子細工ですね」

己之吉の問いかけに八雲がこともなげに即答する。「菓子細工？」と己之吉が面食らうと、八雲はしっかりとうなずき、再度、鷲鼻を動かした。

「知っての通り、砂糖を使った彫刻です。色も形も自由自在で、勿論《もちろん》、食べることできます。私、目は悪くても耳は良く、それ以上に鼻、利きます。だから、見るまでもなく匂いで分かります。この甘い匂い、間違いありません。己之吉、あなたにも、少しくらいは分かるのでは？」

「ああ！　言われてみると、この甘い匂いは砂糖のもの……！」

「そういうことです」

納得する己之吉にうなずき返すと、八雲は鼻先を若者へと近づけて「そして」と続けた。

「あなたの体からも、同じ、甘い匂いしています。服を替えても、体に染みついた匂い取れません。あなた、お百姓違いますね。あなた、本当は菓子職人ですね？」

「あっ……」

八雲に問いかけられた若者は再び絶句したが、もはや誤魔化しきれないと観念したのか、短い間を置いて「その通りです」とつぶやいた。

小泉八雲は隻眼で、残った右目の視力も常人の二十分の一ほどしかなかったが、優秀な耳と鼻を有していた。特に鼻は人並み外れて優れており、匂いで知人の接近に気付いたり、相手の髪の色を当てたりできたという。

黙り込んでしまった若者を見て、己之吉が感極まった声をあげる。

「そうだったのですか……。いや、さすがです先生！　慧眼《けいがん》と言うほかありません」

「そんな大したこと、違います。ただ私、これとよく似た昔話、知っていました」

「昔話……ですか？」

「はい。大勢に求婚されて困ったお姫様の話です。そのお姫様、本当に好きな恋人いました。だから、求婚する男たちを遠ざけるため、お姫様、死体そっくりの菓子細工を作らせて、それを食べるところを、見せつけました。求婚者たち、お姫様は食人鬼だと思って逃げてしまい、お姫様は無事に恋人と結婚できた……。松江にいた頃、おじいさん――ママさんのお父上から聞いた昔話の一つです。好乃、松江育ちのあなた、この話、知っていた違いますか？」

唐突に八雲が好乃に話を振った。ずっと黙って経緯を見守っていた好乃は、一瞬きょとんと驚いたが、すぐに首を縦に振った。

「……はい。存じていました。松江では昔から語られていた話ですから」

「なるほど、そんな昔話が……！　だから最初から嘘だと気付けたわけか」

松江在住経験のある二人の話に、己之吉は大いに納得した。さらに己之吉は、好乃に昨日怒ってしまったことを丁寧に詫《わ》び、その上で、若者へと問いかけた。

「しかしあなたは一体全体、どうしてこんな手の込んだことを……？　菓子職人なんですよね？　本物そっくりの人体を作る程の腕があれば、充分、本職で食っていけるでしょうに」

「それは……」

若者がうつむいたまま口ごもった。あたりは既に薄暗く、その顔色までは見えなかったが、口調からは焦りが伝わってくる。

この菓子職人はなぜこんなことをしでかし、そして、何を焦っている……？

己之吉が大きく首を傾げたその時、八雲と好乃がほぼ同時に後ろを振り向いた。二人の視線が背後の大樹を見つめ、八雲が鋭く問いかける。

「そこ、誰かいますね？　隠れても、私、分かります。この匂いと足音……若い娘さん、一人。違いますか」

「あっ……！」

木陰から響いた声は、八雲の言った通り、若い女性のものだった。

程なくして、木の陰から一人の旅姿の娘が歩み出た。年の頃は二十歳ほど、身に着けている着物は上質で、風呂敷《ふろしき》包みをたすきに掛け、火の点《つ》いていない提灯《ちょうちん》を手にしている。その姿を見た途端、菓子職人の若者が弾《はじ》かれたように声をあげた。

「伊緒《いお》さん！　来てくれたのか！」

「はい、総司《そうじ》様……！　随分お待たせしてしまいましたが、やっと、やっと、抜け出すことができました……！」

勢いよく駆け寄った二人がしっかりと手と手を握り合う。

涙を浮かべてお互いを見つめる様子からして、どうやら二人は恋仲のようだ。そう己之吉は察し、そして再度首を捻《ひね》った。

「あ、あの、先生？　これはつまり、どういうことで……？」

「推測は出来ますが、確かめた方が早いです。菓子職人のあなた──総司さん、言いますか？　総司さん、その娘さん──伊緒さんを、ここでずっと待っていた。そうですね？」

穏やかな口調を保ったまま八雲が二人に問いかける。八雲ら三人に見つめられた二人は息を呑《の》んだが、若者──総司はすぐに観念したようにうなずき、傍らの娘──伊緒を見やって口を開いた。

自分は岡上《おかがみ》総司という菓子職人だと若者は名乗り、傍らの娘を古原《こはら》伊緒という士族の娘だと紹介した。

二人は以前より恋仲で、いずれ一緒になることを夢見ていたが、最近になって障害が持ち上がった。伊緒に目を付けた裕福な華族の老人が、妾《めかけ》として囲いたいと言い出し、金に困っていた伊緒の家族がそれを承諾してしまったのだ。

伊緒は悲しみ、総司は憤った。

だが総司には菓子職人としての腕はあっても、伊緒を身請けできるような金はない。悩んだ二人は家を捨てて駆け落ちすることを決め、先に出奔した総司が、この堂で伊緒を待つことにした。ここでは昔首《くび》吊りがあったとかで、普段から人が近づかないことを総司は知っていたのだ。

「伊緒さんは、俺と違ってお屋敷住まいですから、いつでも逃げ出せるわけじゃありません。だから俺はここで待っていたんです。鬼の噂で人払いをしながら……」

「なるほど。つまり、でっち上げの自作自演だったわけですか。しかし、どうして食人鬼などという話を持ち出したんです？」

「総司様は、本物そっくりの菓子細工がお得意なのです。特に、人間を模したものは、まるで生きているかのような出来栄えで……」

己之吉の疑問に答えたのは伊緒だった。ですよね、と伊緒に視線を向けられた総司が照れ臭そうにうなずく。

「見世物に『生き人形』というのがありますでしょう？　残酷な事件の現場を人形で

再現するというあれです。何年か前、浅草《あさくさ》の見世物小屋に頼まれて、人の体を菓子細工で作ったことがあるんですよ。『菓子細工ならボリボリ齧《かじ》ることもできるだろ？　見世物だと思ってる客の度肝を抜けるぜ』って言われましてね。なかなか上手《うま》く作れたんですが、あまりにも本物そっくりだったもんでねえ。『あの見世物小屋には人食いがいる』って噂が立って、人心を乱すのはまかりならんとか何とかで、あっという間に興行禁止になってしまったんですが」

「それはまた何とも不憫《ふびん》な……」

「お気遣いなく、書生さん。お上ってのはそういうもんですから……。ともかく、あれなら作り方は覚えていますし、人払いにはもってこいだと思ったんです。実際、先日までは上手く行ってたんですが……」

総司はそこで一旦《いったん》言葉を区切り、伊緒と視線を交わして嘆息した。

「まさか、伊緒さんが来てくれたその日に、全部見抜かれてしまうとは……。どこのどなたか存じませんが、お見それいたしました。こうなってしまった以上、申し開きのしようもありません。出るところへ出ろと仰るならその通りにいたしますが、ですが、伊緒さんだけはどうか――」

「何を仰るのです総司様？　家を捨ててきた以上、私にはもう帰るところはありません！　最後まであなたと一緒です……！」

「伊織さん……！」

伊緒と総司が悲痛な顔で見つめ合う。恋人たちの痛ましい姿に共感したのだろう、己之吉は目元に浮かんだ涙を拳《こぶし》で擦《こす》り、おずおずと八雲に問いかけた。

「あ、あの、先生……。どうなさいますか？　僭越《せんえつ》ながら僕としては、見なかったことにしていただけるとありがたいなと」

「『見なかったことにする』？　己之吉、おかしなこと言いますね」

「えっ？」

「己之吉、知っていますね？　私、目がとても悪い。もう夕方ですから、この暗さでは何も見えません。だから私、今日、ここでは何も見ませんでした。ここには食人鬼いなかった。それだけです」

一同の視線が集まる中、八雲が温和な口調で語る。それを聞いた総司と伊緒は目を見張って顔を見合わせ、己之吉が胸《むね》を撫《な》で下ろした。八雲は安心する三人を見回し、黙ったままの好乃へと問いかけた。

「好乃。あなたもそれでいいですか？」

「八雲先生がそう言われるのならば」

好乃がそっけなく首肯する。わずかな沈黙の後、総司は八雲たち三人に向き直り、勢いよく頭を下げた。

「ありがとうございます……！　この御恩は決して忘れません」

二人は八雲たちに繰り返し感謝した後、伊緒の持参した提灯に灯を入れ、手に手を取って去っていった。

小さくなっていく提灯の灯《あか》りを、己之吉は手を合わせながら涙目で見守り続け、やがて灯りが見えなくなると、大仰に安堵《あんど》の溜息《ためいき》を落とした。

「いやあ良かった……！　本当に良かった」

「私にはよく分からないのですが、そんなに嬉《うれ》しいことなのですか？　己之吉さんは、あの方たちとは今日まで面識はなかったのですよね」

冷静な顔の好乃が首を傾げると、己之吉は赤い目のまま「何を言う」と反論した。

「愛し合う二人が結ばれたんだぞ？　こんな素晴らしいことはない」

「そういうものなのですか……？」

「己之吉、とても感情移入しやすい性格なのです。彼、恋愛文学を読んでも、本気で泣きます。日本人の学生には珍しいです」

不可解そうに眉根《まゆね》を寄せる好乃に話しかけたのは八雲だった。「そうなのですか」と好乃が問うと、八雲は困ったような苦笑いを浮かべた。

「日本の学生、とても優秀ですが、文学の機微、解さない者、多いです。私が英文学の講義すると、なぜ西洋人はこんなに恋愛を重んじるのか分からない、天下国家を論じることの方が大事なのでは、言われます。そんな中、己之吉は恋の機微を理解できる、貴重なイレギュラー――例外なのですね。まあ、少々、純朴で純情すぎるところはありますが……」

「なるほど」

八雲の寸評を受けた好乃が、良かった良かったと繰り返してしゃくりあげる己之吉に横目を向ける。その好乃の目は依然として冷ややかで、呆《あき》れているようにも見えたが、「まあ、悪いやつではないんだろうな……」と思っていることも伝わってきたので、八雲は薄く微笑んだ。

＊＊＊

その日の夜、八雲は書斎に好乃を呼んだ。

失礼します、と一声告げて好乃が入室すると、八雲は椅子に腰掛けて机に向かい、何かの原稿を書いていた。目が悪い八雲に合わせたものなのだろう、机の天板はかなり高かったが、それでも見辛《みづら》いようで、八雲は大きく机に身を乗り出し、原稿にギリギリまで右の目を近づけてペンを走らせていた。

呼ばれた理由を好乃が問うと、八雲は肩越しにちらりと振り返って口を開いた。

「すみません。今回の一件きっかけで、書き留めておきたい話、また増えました。発表のあてはありませんが、忘れないうちに書いておきたいです。なので、少し待っていてください」

「はい。かしこまりました」

「ありがとうございます。皆はどうしていますか？」

「奥様は、坊ちゃんを寝かしつけておられます。已之吉さんはお風呂《ふろ》です」

「そうですか。……では、ここでの会話、聞かれることないですね。安心です」

「え？」

意味ありげな言葉に好乃は思わず問い返したが、八雲はそれに応じようとはせず、原稿から顔を上げようともしなかった。

その後八雲はしばらくペンを動かし、ややあって、ふう、と息を吐いた後、曲げていた背筋を伸ばして、椅子ごと好乃に振り返った。

「お待たせしました」

「いえ、お気遣いなく……。それで」

「やはり、食人鬼ではなかったですね。好乃の言った通りでした」

好乃の問いかけを遮るように、八雲がすかさず話し始めた。

その口調はこれまで同様穏やかなものだったが、右目には鋭い眼光が宿っている。

初めて見る八雲の表情に好乃は戸惑い、「食人鬼……？」と問い返した。

「先ほどの林でのことですよね」

「はい。あれが本物の食人鬼でない、最初に言ったの好乃、あなたでした。なぜゴーストではないと分かったのです？」

「ゴーストというのは」

「失敬。私、分かりにくい言葉使いました。ゴースト、英語です。幽霊を指すことが多いですが、私、妖精《ようせい》やその他のものたちも含めた呼び名として、使っています。日本で言う、お化け、妖怪《ようかい》、もののけのことと思ってください。ゴーストは、今の日本では軽んじられ、迷信扱いする人多いです。……でも、そういうものがこの世界にいること、私、知っています」

「ええと、先生……？　一体、何のお話を……？」

「最初に言いました。あなた、なぜ、食人鬼でない、気付きましたか？」

「ですから、それは……。先生も仰った通り、お姫様が菓子細工で死体を作らせる話を知っていたからで」

「おかしいです。それ、推測の根拠にしかなりません」

好乃の声を八雲が再び遮った。八雲は念を押すように首を横に振ってみせた後、でも、と言葉を重ねた。

「あなた、確信しているように見えました。虫屋さんが見たもの、食人鬼でない、確信していましたね。なぜですか？」

「それは――」

「私、知ってます。ゴースト、特有の気配、持ってます。日本語で言うと、妖気《ようき》や霊気です。これ、ゴーストに出会った人にも、少し残ります。好乃、食人鬼違う、言い切れたのは、虫屋さんにゴーストの気配、なかったからではないですか？」

「待ってください先生。何を言っておられるのか、私にはさっぱり……。ゴーストの気配とか妖気とか霊気とか、そういうものが本当にあったとして、どうして私がそれを感じ取れるんですか？」

「簡単です。なぜなら、あなたもゴースト――妖怪だからです」

八雲の明言が書斎に響く。

それを聞くなり、好乃は、はっ、とはっきり音を立てて息を呑《の》み、静止した。

八雲は好乃を見据えたまま動かない。

そして数秒間の沈黙の後、好乃は抑えた声を絞り出した。

「……もし、そうだったら」

その声に呼応するように、好乃の双眸《そうぼう》に橙《だいだい》色の光が宿った。

小さな口から覗《のぞ》く歯が尖《とが》り、ランプが壁に投げかける小柄な影が、ざわり、と蠢《うごめ》いて別の形へと変わっていく。

一瞬のうちに十六歳の少女のものではありえない威圧感を纏《まと》った好乃は、吊《つ》り上がった目を八雲に向け、尖った牙《きば》の並んだ口を開いて声を発した。

「私が妖怪だったなら何だというんだ、人間？」

《コラム①　小泉八雲と「怪談」と「食人鬼」》

小泉八雲（旧名ラフカディオ・ハーン、一八五〇～一九〇四）は、アイルランド人の父とギリシャ人の母の間にギリシャで生まれた。ヨーロッパで育った八雲（ハーン）はアメリカでの新聞記者経験を経た後に来日、亡くなるまでの十四年間を日本で過ごし、教師として日本の学生を導くとともに、自身が見出《みいだ》した日本の姿を英米に対して発信し続けた。来日前から怪異（ゴースト）に関心を示していた八雲は、日本のそれらにも深い興味を持ち、当時の日本ではほとんど顧みられていなかった古典怪談を熱心に蒐集《しゅうしゅう》、気に入った話を自分なりの言葉で語り直して発表した。

「食人鬼」は、八雲の代表作として知られる「KWAIDAN（以下「怪談」）」（一九〇四年）に収録された短編で、旅の高僧が、死後、死体を食らう食人鬼になってしまった僧の懺悔《ざんげ》を聞き、成仏させる経緯を描く。元になった話は「和語連珠集」（一七〇四年）にある仏教説話だが、八雲が参照したのはこれを転記した「通俗　佛教百科全書」である可能性もある。

八雲の「食人鬼」は、話の流れこそ原話のままだが、原文の約五倍の長さにまで膨らまされている。八雲は心情や情景の詳細な描写を追加するとともに、原話の流れを変更して伏線を足したりもしており、アレンジャーとしての八雲の自由さが窺《うかが》える一編となっている。

第二話　亡霊《ゴースト》がくれた才能

――「耳なし芳一《ほういち》」より

阿弥陀《あみだ》寺の近辺に瞽者《こしや》あり。芳一といふ。幼少より琵琶に習熟して、長ずるに随ひ其妙を極む。三位伯雅の昔を悲しみ、関の蟬丸の面影をうつして、明て弾じ、暮てかきならす。其頃、世に称じて、芳一が平家をかたるや人をして感泣せしめ、鬼神を動かすとぞもてはやしける。

(「臥遊奇談」巻之二「琵琶秘曲泣二幽靈一《びわのひきょくゆうれいをなかしむ》」より。なお、引用に際し、仮名は平仮名に統一し、句読点を補った)

「私が妖怪だったなら何だというんだ、人間？」

八雲邸の書斎に好乃の抑えた声が響く。

双眸が夕焼けのような色を帯び、歯や爪が尖ったとは言え、その姿はまだ人の範《はん》疇《ちゅう》を出てはいない。

だが、壁に投影された好乃の影の形状は、明らかに人間のそれではなかった。口は耳元まで大きく裂け、体と同じくらいに長い尾がざわざわと揺れている。

異形の影を一瞥《いちべつ》した八雲は大きく右目を見開き、ゆっくりと好乃に向き直った。大きな鷲鼻《わしばな》がひくひくと動く。

「この香り、人間のものでない……。やはりあなた、ゴーストでしたか。ということは、伺った好乃の経歴は」

「無論、全てでっち上げだ。お前が私のことを覚えていなかったのも当然だ。お前に近づくための方便なのだからな」

そう言い放った好乃の声には、獣が喉《のど》を鳴らすような濁った音が交じっていた。

礼儀正しい女中としての顔をかなぐり捨て、本性を剥《む》き出しにした好乃は、口角を吊り上げてにたりと笑った。

「もっとも、松江から来たというのは嘘ではないぞ？　お前は知らないだろうが、私はお前を知っている。私は、島根一帯の妖怪《ようかい》を代表してここに来たのだ」

「なぜです」

「お前が私たちから大事なものを盗んだからだ」

「盗んだ……？」

好乃がまっすぐ見据えた先で、八雲が大きく眉《まゆ》をひそめる。

さらに八雲は目を閉じ、首を傾げ、数秒間黙考した後、大きく頭《かぶり》を振った。

「申し訳ありませんが、私、全く、心当たりありません。私、ゴーストから何を盗んでしまいましたか？」

愛用の椅子に腰かけたまま八雲が堂々と問い返す。浅黒い髭面《ひげづら》には戸惑いの色こそ浮かんでいたものの、怯《おび》えている様子はまるでない。そのことが気になったのだろう、好乃は大きく顔をしかめた。

「……お前は私が怖くないのか？」

「怖い？　なぜです？　さっき言いました、私、この世界に、ゴーストが実在していること知っています。それに私、ゴーストのこと、リスペクト――敬愛しています。怖がる理由ありません。それで、私、何を盗みましたか？」

抜け抜けと問いを重ねる八雲である。全く怖がられないのはさすがに想定外だったのか、好乃はむっと眉をひそめ、「言えん」と首を横に振った。

「言ったらお前は隠すだろう。それに、あれは返せと言って返せるものでもない」

「盗んだのに返せない？　ますます分かりません。謎掛けですか？」

「違う」

「なら教えてください。返せるものかどうか、確かめます」

「そうはいかない。言えばお前はあれを隠すだろうからな。ともかく、私たちから盗んだものをお前がどう扱うか、私はそれを見届けるために来たのだ。……そして、その扱い方によっては、私はお前を生かしておけない」

好乃が八雲を指差し、睨《にら》む。尖《とが》った爪と橙《だいだい》色の眼光を向けられた八雲は、少しの間思案し、口髭《くちひげ》を撫《な》でて口を開いた。

「……分かりました。ならば好乃、取引しませんか？」

「取引だと？」

「そうです。好乃のいう大事なもの、私、心当たり、ありません。教えてくれないなら分かりません。ですが、ゴースト、それぞれのルールを持っていて、ルール大事にする、私よく知っています。言えないのなら仕方ありません。だから好乃、もし私がそれを持っている、確信して、扱い方が間違っている、思ったなら、私のこと、好きにしてください。煮るなり食うなり、構いません。ただし――」

「ただし、何だ」

「あなたの答えが出るまでは、女中として働いてほしいです。どうですか？」

「……はあ？」

八雲の提案に好乃は心底困惑した声を響かせた。この上なく顔をしかめた好乃が、

「お前なあ」と問い返す。

「分かっているのか、小泉八雲……？　私はお前の命を狙って――」

「分かっています。むしろ、好乃こそ分かっていますか？」

「何をだ」

「好乃いなくなる、私たち困ります。あなた、よく働く女中です。ママさん、とても褒めています。己之吉も、来てくれて助かった、言ってます。好乃は、若いのにしっかりしている、物覚え早い、要領がいい、度胸もある……」

「当たり前だ。私が何年生きていると思っている」

「何年生きているのです？　生まれはどちらですか？」

「教えるか！　しかし……本当にいいのか？　私は妖怪だぞ。怖くないのか？」

「その質問、二回目ですね」

「うるさい！」

好乃が顔を赤くして吼《ほ》える。その反応が面白かったのか、八雲は口元を押さえて微笑み、思い出したように指を一本立てた。

「そうそう、もう一つ条件あります。好乃が、私のこと、許せない思ったとしても、私以外には手を出さない、約束してください。どうですか？」

「……いいだろう。条件を呑《の》む」

「本当ですか？」

「ああ。女中の身分を保てるのは、こちらとしても好都合だからな。脅す手間が省けて調子が狂ったが……。それと、分かっているな？　もしもこのことを誰かに明かしたら、お前の命はないものと知れ」

「理解しています。ゴースト、自分の正体を暴かれること、その存在を広められること、とても嫌います。西洋でも東洋でも同じです。私、よく知っています」

「抜け抜けと……」

嬉《うれ》しそうにうなずく八雲を前に、好乃は盛大に呆《あき》れ、不可解そうに眉根《まゆね》を寄せた。

「何がそんなに嬉しいんだ」と好乃が問い、「勿論《もちろん》、あなたに会えたことです」と八雲が即答する。

「ゴーストが、今もこの世界にしっかりと息づいている。その事実、私とても嬉しいのです」

「よく分からんことを……。本当におかしなやつだな」

「よく言われます。ああ、そう言えば、日本のゴースト——妖怪、色々いますね。動物の変化《へんげ》、樹木の精霊、化けた器物、生まれながらの異形のモンスター……。あなた、何ですか？」

「教えてたまるか！　自分から人間に正体を明かす妖怪がどこにいる？」

業を煮やした好乃が声を張り上げる。その怒声には、大の大人でも震えあがりそうな迫力があったが、八雲は全く怯えることなく、「残念です」と肩をすくめた。

＊＊＊

かくして、好乃はこれまで同様、八雲邸の女中として働き続けることとなった。

八雲の好乃に対する態度は以前と変わらず、好乃も松江出身の落ち着いた少女を演じ続けたので、セツや己之吉らに違和感を抱かれることもなかった。

ある日の午前中のこと、いつものように洗濯物を干し終えた好乃が勝手口から入ってくると、そこを八雲が呼び止めた。

帝国大学の学生である己之吉はほぼ毎日大学へ出かけていくが、同じ大学の講師である八雲の場合、担当している講義は週に十一、二時間程で、出勤するのは午前か午後のどちらかだけなので、平日でも家で書き物をしていることも多い。八雲が書いている原稿は主に英語圏を対象に日本の文化や習俗を紹介する内容のもので、日本国内では識者にしか知られていないが、英米では広く好評を得ている……とは己之吉の弁である。

足を止めた好乃は、いつものように礼儀正しい女中の顔で応じた。

「どうかなさいましたか、八雲先生？」

「今日、私、これから横浜《よこはま》まで出かける用事あります。付いてきてください」

「かしこまりました。それで、横浜で何が？」

「神社のお祭りです」

よそ行き用の着物を着ていた八雲は笑みを浮かべ、懐から一通の手紙を取り出した。達筆で記されたそれは、横浜のとある神社に仕える藤多《ふじた》という神官から届いた、今日開催の祭礼への招待状だった。

八雲が言うには、横浜は初めて日本の土を踏んだ思い出深い土地であり、その時以来の顔馴染《かおなじ》みも何人かいて、今回手紙を送ってくれた藤多はその一人とのことだった。

好乃は早速支度を整え、八雲の鞄《かばん》を提げて家を出た。

この時代、移動の手段は徒歩か人力車、馬車か船などが主流だったが、八雲邸のある市谷からほど近い新宿駅から横浜までは鉄道が通っているので、それを使えばあっという間だ。横浜駅で降りた二人は駅前で人力車を拾い、祭礼が営まれるという神社へ向かった。

横浜は安政《あんせい》六年（一八五九年）の開港以降に急速に発展した町であるため、通りには新しくモダンな建物が建ち並び、行き交う人々には外国人も多い。そんな光景を目の当たりにした八雲は、複雑な表情でつぶやいた。

「横浜、特に古い寺院には、日本に来たばかりの思い出たくさんあります。でも、この町、来る度に風景が変わりますね。……新しい物、多すぎます」

来日当時に親しんだ風景が変わっていくのが辛《つら》いのだろう、車上の八雲が寂しげに溜息《ためいき》を落とす。

だが、丘の上にそびえる神社に到着し、雅楽用の高舞台を前にすると、八雲の顔色は期待に満ちたものに切り替わった。

壇上には既に大勢の奏者がそれぞれの楽器を構えて並んでおり、八雲たちが着いて程なく演奏が始まった。

雅楽の場合、西洋のオーケストラと異なり、竜笛《りゅうてき》と呼ばれる横笛の独奏から始まり、そこに笙《しょう》や篳篥《ひちりき》、琵琶《びわ》などの弦楽器が徐々に加わって音の厚みを増していく流れが一般的で、この日の演奏もその形式だった。

真ん中に陣取って竜笛を構えた若者が、ぴい……と、甲高いが耳に優しい音色を響かせると、参拝客でざわついていた境内は水を打ったように静まりかえった。

一同が黙って耳を傾ける中、竜笛の調べが境内に広がっていく。

「素晴らしい……！」

舞台を見上げた八雲が感極まった声を漏らす。その目元にはうっすらと涙が浮かんでおり、傍らの好乃は驚いた。

確かにこの竜笛は上手《うま》いが、泣くほどのことだろうか……？

意外に思った好乃が「そんなに良いですか？」と小声で問うと、八雲は「良いです」と即座に応じた。

「日本の伝統的な演奏、とても素晴らしい。特に、このような神社の祭礼で奏でられる音楽は、ベスト――至高です。神社という場所の神々しさ、荘厳さと相まって、類《たぐい》稀《まれ》な芸術に至っている、思います」

そう言って八雲は境内の様子を見回した。演奏には弦楽器が加わり、重層的な音を響かせている。その調べを堪能《たんのう》しながら八雲は抑えた声で続けた。

「神社、素晴らしい施設です……。建物も、森も、庭も、あらゆる様式に、千年以上も続いてきた伝統と、皇室への敬意が息づいています。私、アジアの文化はどれも好きですが、特に神社と神道には感銘受けました。たとえば今日の祭礼、好乃、何の祭りか知っていますか？」

「秋のこの時季ですから、収穫祭のようなものでしょうか」

「そうです。ですが、正しくは、『神嘗祭《かんなめさい》』言います。採れたばかりの新しいお米、お供えし、神の恵みに感謝する儀式です。稲作が始まった頃から続く伝統です。神道、西洋哲学も何もない頃から生き続けてきた文化で、そのルール、人々の心の中、息づいています。だから、キリスト教や仏教のように、明文化された経典や規律、持ちません。これ、とても珍しく素晴らしい……。この国の人、ずっと伝統守ってきた、いうことです。明治維新で王政復古がなされたのも、その伝統の強さゆえで――」

講師だけあって、八雲の語りは立て板に水の流暢《りゅうちょう》なものだ。だが、それを聞いた好乃は無言で軽く顔をしかめた。

八雲はどうやら、神社や神道がこの国でずっと重んじられていたと思っているようだ。だが、そんな事実はなかったことを――少し前まで神社も皇室も相当蔑《ないがし》ろにされていたことを――人より遥《はる》かに寿命の長い好乃は、身をもって知っていた。

神道が今のように根付いたのは明治維新以降のことなので、たかだか二十数年の歴史しかないし、明治政府が王政復古の名の下に皇室や神道を持ち上げたのは、そもそもは江戸幕府との権力争いに正当性を持たせるためだ。

人が極めて移り気な生き物であることも、伝統を装うことの簡単さも知っている好乃としては、八雲の感想には大いに異論があった。

しかし、大勢に囲まれている状況で女中が主人に反論するのは不自然だ。好乃は黙ったまま溜息《ためいき》を一つ落とし、先日、正体を知られた時の八雲の反応を回想した。思えば八雲はあの時も、命を奪われるかもしれないのに目を輝かせていた。この人間は、博識なことは確かだが、好きなものを前にすると普段の冷静さを欠き、視野が狭くなってしまうところがあるようだ……。

そんなことを思った好乃が横目を向ける先で、八雲は演奏を味わい続けていた。

「素晴らしい……。音の重なり具合も、何とも言えず美しいですが、中でも、あの横笛の青年──彼の演奏、飛び抜けていますね。そう思いませんか？」

「仰《おっしゃ》る通りだと思います」

それについては同感だったので、好乃は素直に同意した。

短髪で色白な若者の奏でる竜笛は、最初の独奏の時点から耳を引き付ける力があったが、合奏となった今でもなお、他の楽器の音としっかりと連なりながらも、強い自己主張を失っていなかった。

ひたすらに演奏に没頭しているのだろう、目を閉じ、休全体で調子を取りながら一心に笛を吹く様は、青白い顔色と相まって凄《すさ》まじく、「鬼気迫っている」と言ってもいい程だ。好乃は祭りで演奏される音楽は何度も聞いてきたが、ここまでの凄《すご》みを感じたことは稀だった。

「確かに、あの笛の音には迫力がありますね」

「おお。共感してもらえて、私、嬉《うれ》しいです」

嬉しそうに八雲がうなずく。それから二人はしばらく無言で演奏に聞き入った。

雅楽の曲は長いので、一回の舞台で一曲しか演奏されないことが一般的だ。少しずつ変わっていく旋律を八雲はしみじみと堪能していたが、やがて曲が中盤を過ぎた頃、後ろから呼びかける声があった。

「おや。来ておられたのですか、ハーン先生」

そのしわがれた声に八雲と好乃が振り返ると、そこにいたのは白い衣に袴《はかま》姿の老いた神官だった。深い皺《しわ》が刻まれた顔の老神官は「失敬。今は八雲先生でしたな」とすかさず訂正し、八雲が懐かしそうな笑みを浮かべて応じる。

「おお、藤多さん。本日はお招きありがとうございます」

八雲が口にした「藤多」という名は、今日の招待状に記されていたものだ。八雲の旧知の知人とはこの老人か、と好乃は得心し、頭を下げて挨拶《あいさつ》した。それを受けて八雲は好乃を藤多に紹介し、正面の舞台に向き直った。

「今も好乃に話していました。今日の演奏、とても素晴らしいと……。特に、竜笛の彼、良いですね」

「さすが先生、お目が高い。いや、『お耳が高い』と申し上げるべきですかな？　彼は加茂《かも》野法一《のほういち》と言いまして、京都で代々続く雅楽の名門の跡取り息子なのですよ」

「そうでしたか。京都の人いうことは、今日のためにわざわざ？」

「いえいえ。加茂野君は今、わしの屋敷に下宿しておるのです。明治の御一新で首都が東京になって以来、神社神道の本流も関東に移りつつありますでしょう？　雅楽もまた然《しか》り、です。なので彼は今、この横浜を足場として、東日本流の雅楽を学んでいるところなのです。『雅楽を極めるためには他の分野の音楽も知らなければ』と、あちこちの演奏会にも足を運んでいるようで……。実に見上げた若者ですよ」

そう言って藤多は舞台上の若者――加茂野法一に目を向けた。

壇上の法一は聴衆の反応など気にならないのか、目を閉じたまま一心に笛を吹き続けている。八雲はその様をしみじみと眺めながら、なるほど、と相槌《あいづち》を打った。

「熱心な若者なのですね。道理で音色に力強さを感じるわけです。しかし、彼のあのリズム――躍動感は……」

笑みを浮かべた後、八雲がふと訝《いぶか》って口髭《くちひげ》を撫《な》でた。何か違和感を覚えたようだ。

だが、藤多が「どうかされましたか」と尋ねると、八雲はやれやれと言いたげに頭《かぶり》を振って苦笑した。

「何でもありません。つい邪推してしまう、私の悪い癖です。今は、純粋に音を聞くべき時なのに……」

八雲は自分自身に言い聞かせるように自嘲《じちょう》し、その後、演奏が終わるまで一言も口を利かなかった。

＊＊＊

祭礼が滞りなく終了した後、藤多は加茂野法一を八雲に引き合わせた。

「お初にお目にかかります。加茂野法一と申します」

舞台の脇で八雲や好乃と向き合った法一が、礼儀正しく一礼する。

至近距離で見る法一は、きめ細やかな白い肌を持つ美丈夫だったが、長い演奏を終えて疲弊しているのか、その顔色はかなり悪かった。肌にはうっすらと冷や汗が浮いており、足下もふらついているようだ。八雲は好乃と顔を見合わせ、心配そうに法一に向き直った。

「あなた、具合悪いですか？」

「いいえ、お気遣いなく……。大丈夫です」

「私には、大丈夫見えません。せっかくの機会、お話色々聞きたかったですが、無理いけません。アーティスト——芸術家にとって、体調、何より大事です。あなた、今すぐ休むべきです」

法一を見据えた八雲がきっぱりと明言する。口調や態度こそ穏やかだったが、教師経験が長いだけあってか、その言葉には有無を言わせぬ迫力がある。法一ははっと絶句したが、すぐに深く一礼した。

「……お気遣い、痛み入ります。では、お言葉に甘えて失礼いたします。藤多さん、そういうことなので、私はこれで」

そう言って法一は傍らの藤多に会釈し、一同の前から立ち去ったが、その足取りはついさっきまで力強い音を奏でていた人物とは思えないほど弱々しかった。時折よろけながら去っていく法一を、八雲たちは心配そうに見守り、ややあって顔を見合わせた。八雲が藤多に問いかける。

「彼、とても弱っています。雅楽の演奏、あれほど疲れるものなのですか？」

「まあ、一般の音楽と比べると一曲が長いですからね。特に竜笛は最初から最後まで吹きっぱなしなので、疲れるのも無理はありません。しかし……」

藤多の言葉がふいに途切れる。「しかし、どうしましたか？」と八雲が尋ねると、藤多はあたりを見回し、聞かれる心配がないことを確かめた上で口を開いた。

「……彼のあの疲れようは異常です。病人や年寄りならともかく、加茂野君は健康で若い男子ですよ？　あそこまでフラフラになるのは、どう考えてもおかしいのです。そもそも最近の彼は、演奏に入る前から……ああいや、四六時中、青白い顔をしていまして……」

「元々体が弱いのですか？」

「とんでもない！　加茂野君がうちに来たのは半年ほど前ですが、その頃はもっと顔色も良くて健康でした。それが、ここ最近、すっかりやつれ、弱ってしまい」

「そうだったのですか……。しかし、演奏は素晴らしかった」

「そこなのです！」

藤多がすかさず口を挟む。何がそこなのかと好乃は思ったが、それを尋ねられるより先に藤多は続けた。

「確かに、笛の腕前はメキメキと上がっているのです。元々素晴らしい才能の持ち主でしたが、ここ最近の加茂野君の笛には、これまで聞いたことのない力があります。わしも神社に仕えて長いですが、あんな演奏は聞いたことがありません。ですが、彼の腕が上がるにつれ――」

「体調も悪くなっている、ですか？」

「先生の仰る通りです。彼の笛があの迫力を持ち始めたのと同時に、彼の顔色は悪くなっていき、そして今や、あの青白さです。わしは心配でならんのですよ、八雲先生。もしかして……」

藤多の言葉が再び途切れる。不安げに視線を彷徨《さまよ》わせる老神官に、八雲が「もしかして、何ですか？」と問いかけると、藤多は白い眉《まゆ》の下の目を八雲に向け、思い詰めた声を発した。

「……わしの記憶では、八雲先生は本邦の怪談にたいそうお詳しかったはずです。そうでしたな？」

「怪談？　ああ、ゴースト・ストーリーですね。はい、そういう話集めている、確かです。しかし、なぜそれ今聞きますか？」

「実は……本日、先生をお呼びしたのは、ご相談したいことがあるからなのです」

質問への回答になっているような、なっていないような言葉を、藤多がぼそぼそと口にする。八雲は眉をひそめ、傍らの好乃と視線を交わして首を傾げた。

その後、藤多は「外で話すことでもないので」と、八雲を社務所の客間の座敷へと案内した。

藤多としては好乃には席を外してほしいようだったが、八雲が、この女中は口が堅く、その手の話にも詳しいのだと説明すると、藤多は疑わしげな顔で好乃の同席を認め、お茶を出した上で、神妙な顔で切り出した。

「……時に、先生。死霊に憑《つ》かれて笛の腕前が上達する、ということはあるのでしょうか」

「シリョウですか？」

突拍子もない問いかけに八雲が面食らう。さらに八雲が「そのシリョウとは、死者のゴースト——霊のことですね？」と確かめると、藤多は無言で首肯し、頭を振った後、口を開いた。

「順を追ってお話しいたしましょう。先ほどお話ししたように、加茂野君は今、わしの家に下宿しております。普通なら二階の一間を貸したりするのでしょうが、彼は雅楽会にその名を知られた加茂野家の跡継ぎで、当世きっての笛の名手ですからな。いつでも気兼ねなく笛の稽古《けいこ》ができるよう、離れを一棟貸し与えました。私どもの家族の家とは庭を隔てておりますから、加茂野君はいつでも好きな時に、気兼ねなく、気付かれることなく外出できるのですが……まさか、こんなことになるとは」

「つまり、彼はどこかに出かけたのですか？」

「はい。それも一度ではありません。夜毎、どこかへ赴いているようなのです。帰ってくるのは決まって明け方で、その時の彼は、目こそ爛々《らんらん》と輝いているものの、見るからに疲れ果てていて……」

「ふむ。夜遊びですか？　あるいは、女性のところに通っている？」

座布団に正座したまま八雲が問いかける。そう考えるのが自然だな、と、八雲の斜め後ろに控えた好乃は思ったが、藤多はきっぱりと首を横に振った。

「いいえ。この横浜には盛り場も多いですから、わしも最初はそう思ったのですが……ところが、違ったのです。彼が毎夜出かけていることを知り、わしは、神社の若い者に跡を付けさせることにしました。加茂野君を問い質《ただ》す前に、まず、どこに行っているのかを確かめておこうと思ったのです」

「なるほど。それで？」

「はい。その若い者が言うには、離れを出た加茂野君は……何とも不可解なのですが……まっすぐ、町外れの廃寺に向かったのだそうです」

「廃寺……。無人のテンプル――仏教寺院ですね」

「そうです。先の廃仏毀釈の折、破却されて放置された破《や》れ寺です。今の時代、珍しいものでもないですが」

藤多がこともなげに応じると、それを聞いた八雲は一瞬辛《つら》そうな表情になった。八雲が、横浜の古い寺院には来日直後の思い出があると言っていたことを好乃は思い出し、おそらくその寺も現存しないのだろうな、と気付いた。

ずっとこの国に生きてきた好乃にとって、古い文化への愛着はそれなりにあるが、妖怪《ようかい》なので仏教も神道も信じてはいないし、神仏を崇《あが》めることもない。諸行無常を唱える側が破却されてしまうとは無情な話だな、と好乃は思ったが、勿論《もちろん》口には出さないでおいた。

その間にも藤多の話は進んでいた。法一が向かった廃寺は、町の外れ、昼なお暗い崖《がけ》の下にあるのだ、と藤多は言った。

かつては一帯の無縁仏の供養を引き受けていた寺であったためか、成仏できなくなった霊が今も彷徨《さまよ》っているという噂も立っており、近隣の者が近づくことはまずない場所だ。

「にもかかわらず、彼はまっすぐ、その本堂に入っていったのだそうです。迷いのない、通い慣れた足取りだったと聞いております……。言うまでもなく、寺はぼろぼろで住む人もなく、灯《あか》り一つありません」

「ふうむ……。彼はそこで何を？」

「それが……跡を付けた者は、恐ろしくなって、そこで引き返してしまったのです。私は呆《あき》れましたが、このあたりに住んでいる者が皆、あの廃寺を恐れていることは知っておりますので、強く言うこともできず……。無論、無縁仏の霊だの何だのというのは迷信でしょうが、怖いという気持ちは如何《いかん》ともしがたいものですからな」

藤多が困り果てた顔で言う。それを聞いた八雲は「分かります」と同意したが、好乃は内心で溜息《ためいき》を吐いた。

霊云々はあくまで後付けの口実に過ぎず、結局のところは罪悪感だろう、と好乃は察した。住民がその廃寺に近づきたくないのは、曲がりなりにも地域に根差していた供養の施設を、自分たちの手で破壊したことを思い出したくないからだ。

まったく人間という連中は……と好乃が呆れて眺める先で、藤多が続ける。

「ですので、加茂野君があの寺で何をしていたのかは分からず仕舞いなのです。お話しした通り、必ず夜明け前には戻ってくるのですが……」

「その時は疲れ果てている、ですね。彼に直接尋ねること、しましたか？」

「それはもう……！　廃寺に入ったことを聞いた翌朝に問い詰めましたが、彼は頑《かたく》なに話そうとしないのです。申せませんと繰り返すばかりで、行くのを止めろと言っても、それはできないの一点張りです。あんな強固な彼は初めて見ました」

「それは奇妙ですね。しかし、笛の腕前は上がっている？」

「そうです。ですがこれは、とても手放しで喜べる話ではありません……！　今の加茂野君を見ていると、何か悪いものに憑かれているのではないかと、そう思えてならないのです。自らの命と引き換えに、幽霊か化け物から、笛の腕前を授かったのではないかと……」

そう言って藤多はぶるっと体を震わせ、一呼吸を挟んで「どう思われます？」と身を屈《かが》めて問いかけた。縋《すが》るような視線を向けられた八雲は少しの間黙考し、斜め後ろの好乃へと振り向いた。

「好乃。どう思いましたか？」

「えっ、私ですか？　そうですね……」

畳の上に正座をしたまま好乃は考えた。

好乃の知る限り、真面目な人間を自身に惚《ほ》れさせ、活力や精根を吸い尽くすような妖怪はいるにはいる。だがそいつらは、活力と引き換えに何かの技術を授けるような殊勝なことはしないはずだ。そんな器用なことができるのは相当の古株か大物だけだろうし、そういう手合いは近代文明を嫌うので、西洋化と近代化の進んだ今の横浜に残っているとも思えない。

さらに、たちの悪い霊や妖怪に狙われた人間には、独特の様相が――いわゆる「死相」が――出ることが多いが、法一からはそういう気配は感じなかった。

好乃の見立てでは、あれはただ単に疲れて弱っているだけだ。

「若いお方を虜《とりこ》にして自分のところに通わせる化け物や幽霊の話なら、いくつか聞いたことはありますが、いずれも昔話にすぎませんから、参考にはならないかと……。そもそも、その手の話では、被害に遭われた側は一方的に搾取されるばかりで、才能を与えられることはないはずです。法一様がその古寺で何をしておられるかは分かりかねますが……伺った限りでは、幽霊や化け物が絡んでいると決めつけるのは早計かと存じます」

「何？　あんた、わしが間違っていると言いたいのか？　女中の分際で――」

「まあまあ藤多さん。藤多さんのご心配、ごもっともです」

眉尻《まゆじり》を吊《つ》り上げた藤多を八雲が鷹揚《おうよう》になだめ、「私、似た話知っています」と言葉を重ねた。

興味を覚えた藤多が仔細《しさい》を尋ねると、八雲は冷めたお茶を一口すすり、一呼吸を挟んで話し始めた。

「これは、奇《く》しくも、法一と同じ音の名前で、同じミュージシャン――音楽家である若者の話です。ただし、こちらのホウイチが扱う楽器は、笛ではなく琵琶《びわ》ですが」

そう前置きをしてから八雲が語ったのは、「芳一」という名の盲目の琵琶法師の物語だった。

琵琶の名手であった芳一は、源平《げんぺい》合戦の果てに平家《へいけ》が滅んだ壇《だん》ノ浦《うら》にほど近い、赤間《あか》ヶ関《まがぜき》の寺で暮らしていた。

ある夜、芳一が一人で寺の番をしていると、知らない男が芳一を訪ねてくる。鎧《よろい》兜《かぶと》の音を鳴らしながら現れたその男は、自分の主人である貴人が芳一の琵琶を聞きたがっていると言い、芳一の手を取って連れ出した。

盲目の芳一には、男の顔も、連れて行かれた先の屋敷の様子も見えなかったが、音や気配で、身分の高い人々が集まっていることは察せられた。芳一が要望通りに、

「平家物語」の一節、壇ノ浦に追い詰められた平家一門が全滅するくだりを奏で、唄《うた》うと、周囲からはすすり泣きの声が次々と響いた。

聴衆たちから絶賛された芳一は、来た時同様に鎧の音を立てる男に手を引かれ寺に戻ったが、男は次の日の晩からも現れ、連日芳一を連れ出した。

それに気付いた寺の和尚は、芳一にどこに通っているのか尋ねたが、鎧の男に口止めされていた芳一は口を割らない。そこで和尚が寺の小僧に芳一の跡を付けさせたところ、小僧が目撃したのは、何とも異様な光景であった。

芳一は真夜中の墓場に座り込み、無数の火の玉に取り囲まれながら、一心に「平家物語」を吟じていたのだ。

小僧の報告を聞いた和尚は、芳一が平家の幽魂——亡霊に魅入られていることに気が付き、戦慄《せんりつ》した。

翌朝、芳一が戻ってくると、和尚は、小僧が見た光景を芳一に教え、その全身に仏教の経文を書き込んだ。亡霊から芳一を守るためである。

実はこの時和尚は、芳一の耳にだけ経文を書き忘れていたのだが、そのことに気付いたものはいなかった。

そしてまた夜が訪れ、鎧の男——平家の武者の亡霊が昨夜までと同じように現れた。

芳一はただ黙って亡霊が去るのを待った。和尚の考え通り、経文の加護によって亡霊の目に芳一の姿は見えなかったが、和尚が経文を書き忘れた二つの耳だけは例外だった。

中空に浮かんだ二つの耳に気付いた亡霊は、主《あるじ》の命令通りに芳一を呼びに来た証拠として、その耳を引き千切り、持ち去ってしまう。

芳一は必死に痛みに耐えるしかなかった。

「……翌朝、和尚が見たのは、両耳を失った芳一の姿でした。それを見た和尚は、経文を書き忘れてしまったことに気付き、芳一に詫《わ》びました。芳一の耳は戻りませんでしたが、その後、亡霊は二度と現れることなく、芳一は、死者をも魅了する琵琶の名手として称えられた、言います」

「ほ、ほほう……。それはまた、随分よく似た話があったものですが……」

話を聞き終えた藤多が青白い顔で感想を口にする。耳を千切り取られる痛みを想像してしまったのだろう、藤多は自分の耳に手をやった。

「しかし、恐ろしい話ですな」

「はい。ですが、私これ、切ない話でもある、思います」

「切ない……？」

八雲の感想が不可解だったようで、藤多は白い眉《まゆ》をひそめた。

好乃も藤多に同感だった。悲恋や別離の話ならその感想も理解できるが、亡霊に魅入られた若者が恐ろしい目に遭う話のどこが切ないというのだろうか。

「なぜそう思われるのです？」と藤多が問う。

「わしには、ただただ怖い話としか思えませんでしたが……」

「分かりません。切ない感じる理由、私、ずっと考えていますが、未《いま》だに答え出ていないです」

そう言って八雲は大きく嘆息し、落ち着いた表情に戻って続けた。

「勿論《もちろん》、怖い話であるのも確かです。耳、失われるわけですから。人体の欠落、とても怖い。私、これ、人間の根源的な恐怖、思います」

「根源的、ですか」

「そうです。人間、誰でも、体の一部奪われる、恐れます」

八雲は念を押すようにうなずき、神妙な顔で言葉を重ねた。

「そして、人体が欠落した姿のゴーストも同じくらい怖い、私、思います。私、これまで、様々な国のゴースト・ストーリー——お化けの話、集めてきました。お化け、人間にない特徴持っていること多いです。大きな体、大きな角、たくさんの目玉、たくさんの腕、裂けた口や長い尻尾《しっぽ》……」

そこで八雲はちらりと好乃に目をやった。先日、好乃が本性を覗《のぞ》かせた時の影を思い出したのだろう。好乃が無視を決め込むと、八雲は残念そうに肩をすくめて話を続けた。

「確かにそういうお化け、怖いです。でも、人の姿をしていながら、あるべきものがないお化け、もっと怖い、私思います。……いえ、私、身をもって知ってます」

「身をもって？　ということは」

「実際に見たことがあるのですか？」

藤多に続いて好乃は思わず問いかけていた。二人に見据えられた八雲がもったいぶってうなずく。

「私、はっきり覚えています。私、六歳頃、ダブリンの大叔母《おおおば》の屋敷に住んでいました。ある日の日暮れ時、私、その屋敷に一人でいると、人影見ました。人影、こちら、近づいてきます。私、最初、同じ屋敷に住んでた年上の従姉《いとこ》のジェーン、思いました。ですがそれ、ジェーン、違いました。それ、近づいてきて私を覗きました。私、それ見て驚きました。ジェーンのようなそれ、顔、なかったからです」

「顔がない……!?　いわゆる、のっぺらぼうというやつですかな」

「そうです。目ない、鼻ない、口ない、ただ暗い平面だけがありました。私、動けなくなりました。ジェーンのようなもの、それで消えてしまいました。……この話すると、皆、それは夢だ、勘違いだ、言います。もっともです。ですが私、あれ、本物のゴーストだった、ずっと思っています……」

幼い頃の体験を追想しているのだろう、目を閉じながら八雲が語る。真に迫った体験談に、好乃は八雲が妖怪《ようかい》の実在を信じている理由を理解した。

一方、藤多は感想に困ったようで、ははあ、と恐れ入った声を発して黙ってしまう。

藤多の困惑に気付いた八雲は穏やかに苦笑いを浮かべ、「すみません」と頭を下げた。

「余計な話、してしまいましたね。話、逸《そ》れる、長くなる、私の悪い癖です」

「いえいえ、そんな……。しかし先生、その芳一という琵琶法師のお話からすると、うちの加茂野君もやはり、亡霊に魅入られてしまっているのでしょうか……？」

「そう決めつける、早計です。琵琶法師の芳一の話、あくまで昔話、物語です。それに、亡霊はただミュージシャンの演奏楽しむだけ。腕前を上達させること、しません。藤多さんのところの法一、弱っても、上手《うま》くなっていますね？ だから、琵琶法師の芳一とは事情違う、思います」

「なるほど……。しかし、ならばどうすれば良いのです？」

「決まっています。体調悪いなら、栄養を取らせて休ませる。治らないなら、お医者見せる。それしかない、私、思います」

「は、はあ……」

八雲の極めて常識的でありふれた提案に、藤多が戸惑った顔で相槌《あいづち》を打つ。そんなことは聞くまでもなく分かっているんだが……と言いたげな顔だったが、八雲は落ち着いた態度を崩すことなく、「私言えること、これだけです」と付け足し、そこで会話を締めくくってしまった。

＊＊＊

藤多と別れて神社を出た後、八雲はずっと何かを考えこんでいたが、何を思案しているのか、好乃に話そうとはしなかった。

やがて市谷の家に着くと、八雲は既に帰宅していた己之吉を呼び、あることを調べてほしいと頼んだ。指示を受けた己之吉は承諾し、その上で首を捻《ひね》った。

調べることはできるだろうが、なぜそれを調べる必要があるのか分からない。

困惑した己之吉は事情を尋ねたが、八雲は「いずれ分かると思います」とだけ言って書斎に引っ込んでしまったので、己之吉は洗い物をしていた好乃に声を掛けた。

今日何があったのか問われた好乃が、神社での出来事や藤多からの相談のことを教えると、己之吉はいっそう戸惑った。

「さっぱり分からないが、どういうことだ……？」

「申し訳ありません。私の話が分かりにくかったでしょうか」

「あ、いや、そうではない。好乃さんの説明はいつも明解だ。ただ、その法一さんという笛吹きが、毎晩古寺に出かけて弱って帰ってくるという話と、先生が僕に命じた調べ物がどう繋《つな》がるのかが分からないだけで……。と言うか、そもそもこれは関連しているのか？　別件なのか？」

「私に聞かれましても……。八雲先生にお尋ねしてみては？」

「尋ねたが、教えてくださらなかったんだ。先生は、事実が確定するまで推論を口にされないことがあるからなあ。真摯《しんし》で誠実な態度だとは思うけれど、使われる側としては、困ると言うか、やりづらいと言うか」

腕を組んだ己之吉が小声でぼやき、好乃は「お疲れ様です」と苦笑で労《ねぎら》った。

そして数日後の夜、八雲邸の書斎にて、己之吉は調べてきた内容を八雲に伝えていた。八雲の傍らには好乃も控えている。二人を前にして、己之吉は使い込まれた手帳を開いた。

「ええと……仰《おっしゃ》った通り、先月から、横浜港にアメリカ国籍の船が停泊中でした。船籍はルイジアナ州のものです」

「ほう！　ルイジアナですか」

「それがどうかされましたか、先生？」

「いえ、何でもありません。続けてください、己之吉」

「はい。それと、港で夜な夜な外国人の船員たちが大きな音を出して騒いでいるという話も、確かにありました。日本人はほとんど近付かないそうで、僕が聞いたのも又聞きですが」

「なるほど……。やはりそうですか。ありがとうございます」

「いえ、滅相もありません。しかし先生、どうしてこんなことをお調べに？」

手帳を閉じた己之吉が首を捻《ひね》り、報告を聞いた好乃も同じことを思った。

横浜港に外国船が来ているのも、その船員たちが騒いでいるのも、別段不思議なことではないし、神社で受けた相談と関わってくるとも思えない。二人に見つめられた八雲は、いつもの落ち着いた表情で切り返した。

「『もしかして』と思ったからです。ですが、己之吉のおかげで、『もしかして』、『やはり』に変わりました」

「えっ？　どういうことです？」

「ここで説明してもいいですが、日本では、百聞は一見に如《し》かず、言いますね」

そう言って八雲は己之吉たちを見返し、「明晩、確かめましょう」と微笑んだ。

＊＊＊

翌日の夜、八雲は好乃と己之吉を伴い、再び横浜を訪れた。

煉瓦《れんが》造りの近代的な街並みを等間隔に並ぶガス灯が明々と照らし、上質な洋服を着こなした人々が石畳の敷かれた街路を行き交う。初めて見る夜の横浜の光景は新鮮で好乃は目を見張ったが、開発されたばかりの市街地を抜けて海に近づくにつれ、あたりの様相は変わっていった。

足下の石畳は押し固めた土になり、街灯の数は減り、裕福そうな人の代わりに粗末な身なりの外国人船員たちが増えていく。視線を上げると大きな船が宵闇の中にゆらゆらと揺れており、船着き場では、黒人やアジア人の船乗りたちが貨物用の木箱の隙間で、焚火《たきび》を囲んで酒盛りを繰り広げていた。

城塞《じょうさい》のように巨大な船も、賑《にぎ》やかに響く聞き慣れない言葉の数々も、地方育ちの好乃や己之吉にとっては珍しい。きょろきょろとあたりを見回す二人の若者に、八雲がゆっくりと語りかける。

「船には大勢が乗り込んでいますが、その中で町のホテルに泊まることができる人、一握りだけです。貧しい人、お金を貯めたい人、そして、白人と同じホテルには泊まれない元奴隷の人たち……。そういう船乗り、多いです」

「奴隷、ですか」

八雲が漏らした言葉の一つを已之吉が複雑な表情で繰り返す。

先進的近代国家たるアメリカに、奴隷制がごく最近まで存続していたこと、奴隷解放宣言が出されてもなお黒人差別は色濃く残っており、地域によっては差別的な法がまだ生きているということを、已之吉は知識として知っていた。

「奴隷制のことを知った時は衝撃を受けました。僕は、近代国家では人は等しく尊重されると、単純に思っていましたから……」

「残念ながら、現実、それに程遠いです。私、あらゆる文化、人々、尊重されるべき、思っていますが、それ少数派です。多くの西洋人、文明と野蛮、決めつけて区別します。アフリカやアジアや南洋など、西洋にとって縁遠い地域の人々が、蒐集され、展示されることも、普通にあります」

「……『人間動物園』ですね。松江にいた頃に聞いたことがあります」

八雲の言葉を受けたのは好乃だった。好乃の表情や声はいつも通りに落ち着いていたものの、その裏には確かな憤りが透けて見えている。それに気付いた八雲はぴくりと眉《まゆ》を動かした後、嘆かわしい、と言いたげに頭を振った。

「ええ。それを思えば元奴隷の人たちはまだ自由ですが、行動、制限されているのは確かです。そういう人、港に着いても、船に寝泊まりして、夜は陸でこうして騒ぎます。私、このムード——雰囲気、大変、懐かしいです」

「懐かしい？」

「ああ。好乃、言っていませんでしたか？　私、若い頃、アメリカの港町、住んでいたことあります」

「そうだったのですね」

好乃が相槌を打つ。依然としてその態度は冷静だったが、隣の己之吉は慣れない状況に怯《おび》えているようで、おどおどと周囲を警戒している。

「大丈夫ですか、己之吉さん？」と好乃が声を掛けると、己之吉はびくっと震え、意外そうに好乃を見返した。

「好乃さんは怖くないのか……？」

「何を怖がる必要があるのです？」

そっけなく好乃が切り返す。妖怪《ようかい》である好乃にとって大多数の人間は恐れるに値しない存在だから当然なのだが、事情を知らない己之吉は「豪胆だ」と感嘆した。

一方、先頭を行く八雲は、通りかかった外国人船員を呼び止めて流暢《りゅうちょう》な英語で何かを尋ねていた。船員が港の奥を指差すと、八雲はその船員に丁寧に礼を言い、怯える己之吉へと振り返った。

「好乃の言う通りです、己之吉。過剰に怖がる必要ありません。船乗り、確かに乱暴な者もいます。ですが、それ、どんな職業、階級でも同じです」

「それは分かっているのですが……日本語でない言葉ばかりが聞こえてくるという状況は、どうも慣れていなくて」

「分かります。だから多くの日本人、外国語、外国人、敬遠します。そして、片言で話す外国人、まるで子供のよう、扱います。どちらも良くない、私、思います」

「き、気を付けます」

「それで先生。ここには何をしに来られたのです?」

反省する己之吉に続いて好乃が問いかけると、八雲は「もうすぐ分かります」と微笑み、先ほど外国人船員が指し示した方向、港湾地区のさらに奥へと向かった。

この期に及んで、まだ教えるつもりはないようだ。

好乃と己之吉は顔を見合わせて溜息《ためいき》を落とし、慌てて八雲の後に続いた。

そのまま少し歩くと、楽しげな音楽が聞こえてきた。どうやら複数の管楽器による演奏のようだったが、どの音も日本では聞いたことがないものだ。

それを聞くなり八雲が右目を輝かせて歩調を早める。好乃と己之吉が慌てて追い付くと、そこでは、賑やかな音楽会が繰り広げられていた。

樽《たる》や木箱を並べた上に板を敷いただけの舞台の上で、七人ほどの男性が、複雑な形状の金色のラッパや黒く長い縦笛を演奏している。段上の男たちはみな汚れた粗末な洋服を着ていたが、その人種は様々で、黒人だけでなくアジア人もいた。

男たちは、立ち上がって身をくねらせながら、激しく、力強く、音を奏でており、焚火を囲んだ十数人の船員たちが、安酒を片手に、あるいは手拍子を取り、段上からの音を楽しんでいる。

その光景を見た途端、八雲は立ち止まって両手を広げ、「おお！」と感慨深そうに唸《うな》った。八雲の隣で足を止めた己之吉が神妙な顔で眉をひそめる。

「これはまた、何とも豪快な……。先生、あの楽器は」

「長い大きなラッパがトランペット、手前に大きく管が張り出しているのがトロンボーン、黒い縦笛のようなのはクラリネット、言います。即興演奏では、主にこの三つの楽器、使います」

「なるほど……え？　即興演奏？」

一回納得した直後、己之吉が驚いて目を丸くした。その反応が面白かったのだろう、八雲が笑みを浮かべてうなずく。

「そうです。決まった譜面は存在せず、演奏する者がその場でメロディ――旋律を考え、勢い任せで吹くのです」

「そんなことをされたら周りの人は困るのでは……？」

「いかに合わせるかも音楽家の技量のうち、です。もちろん、あえて合わせないこともありますが」

「ははあ……。西洋にはそういう音楽もあるのですね」

ぽかんと感嘆する己之吉の隣で、好乃は、先日の神社で見た雅楽の演奏のことを思い出していた。

あの場では、正装した奏者が座り込み、伝統的な曲を荘厳に奏でていたが、ここの音楽家たちは粗末な服装で、汗を飛び散らせながら楽器を振り回し、飛び跳ねるような音を響かせている。見事に正反対だな、と思いながら、好乃は段上の音楽家たちを眺め、そして、あることに気が付いた。

……なるほど。八雲がここに来たのは、そういうことか。

好乃は無言で得心し、同時に、己之吉が当惑した顔で八雲を見返した。

「それで先生、なぜここに足を運ばれたのです？　さすがにそろそろ教えていただいてもいいかと思うのですが……」

「もっともです。ですが、もう少しだけ聞かせてください。このリズム、とても懐かしい……。昔住んでいた町――ニューオーリンズで、よく聞いていました」

そう言って八雲は目を閉じ、刻々とメロディの変わる即興演奏に耳を傾けた。

ここで八雲が口にしたニューオーリンズは、ミシシッピ川の河口、メキシコ湾に面した港町で、ルイジアナ州に属している。現代ではジャズ発祥の地として知られるこの町には、南北戦争後に解放された黒人やクレオール（黒人と白人両方の血を引く人たち）らによる独自の文化が根付いており、八雲（ラフカディオ・ハーン）は二十七歳の頃から十年近くをこのニューオーリンズで過ごした。

かねてキリスト教圏以外の文化に興味を持っていた八雲（ハーン）は、この町の土着の文化に強い関心を持ち、白人以外の人々が担ってきた物語や宗教、音楽などに親しんだと記録にある。

ジャズというジャンルが確立されるのは本作の時代より少し後、二十世紀に入ってからのことだが、ジャズの原型となった管楽器の即興演奏は、八雲が暮らしていた十九世紀末には既に成立し、親しまれていたという。

八雲はそれからしばらく賑《にぎ》やかな調べに浸っていたが、やがて演奏が終わると破顔し、それはもう盛大に手を叩《たた》き、声をあげた。

「素晴らしい！　夢のような演奏でした！」

突然後ろから響いたその喝采《かっさい》に、段上の音楽家たちと聴衆は揃《そろ》って驚き、顔をしかめた。聴衆の一番後ろにいた八雲たちには誰も気付いていなかったようだ。

八雲はそんな彼らににこにこと笑顔を振りまき、手を叩きながら聴衆たちの中へ、さらに舞台の前へと進んだ。己之吉と好乃が慌てて後に続くと、八雲は舞台を見上げたまま口を開いた。

「ありがとうございます、已之吉。あなた、しっかりと調べてくれました。横浜港にルイジアナ船籍の船来ていること、外国の船乗りが港で騒いでいること……。船乗り、音楽好きな人多いです。さらにルイジアナの港は音楽の町ですから、きっと、ここで演奏している、思いました」

「なるほど……。いや、ですから、結局のところ、先生は何をしにここに来られたのです？　この即興演奏を聞くためですか？」

「それもあります。ですが、最大の目的は人捜しです」

「人捜し？　一体どなたを……」

「已之吉、分からない、無理ありません。あなた、彼の顔、知らないですから。ですが、好乃は気付いているのではないですか？」

いたずらっぽい笑みを湛《たた》えた八雲が好乃へと向き直る。八雲と已之吉が見つめる先で、好乃は沈着な態度のままこくりと首を縦に振り、焚火《たきび》に照らされる舞台へと目をやった。

粗末な舞台の上では、演奏を終えたばかりの汗だくの音楽家たちが各々の楽器を携え、上気した顔を八雲たち三人に向けている。と、その中の一人、クラリネットを手にした細身のアジア人が、ふいに大きく目を見開いた。

クラリネット奏者の口から大きく息を呑《の》む音が響き、「どうして……」と抑えた日本語が漏れる。

突然青ざめ、震え始めるその若者を、好乃は落ち着き払った顔で見返し、軽く一礼をしてこう続けた。

「こんばんは、加茂野法一様」

＊＊＊

「もうお気付きのようですが……私は、毎晩、ここに通っていました。夜になると、家を抜け出し、無人の廃寺に隠しておいたこの服に着替えてから、港まで足を運んでいたのです。和服はここでは目立ちますから……」

演奏会がお開きになり、あちこちで酒盛りが始まる中、小さな焚火を前にした法一は、木箱に腰掛けた八雲たち三人を前にそう語った。

顔色はまだ良くなかったが、その口調は明瞭《めいりょう》でしっかりした意思が感じられる。

腹をくくったな、と好乃は思った。

きっかけは、港で外国人の船員が楽器を演奏して騒いでいるという話を聞いたことでした、と法一は語った。

雅楽以外の音楽にも関心を持ち、あちこちの演奏会に顔を出していた法一にとって、聞いたことのない異国の音楽が気にならないはずはない。どういう楽器を使い、どんな曲を奏でているのか、法一は想像を巡らせた。

法一の下宿先の主人である藤多が勤める神社は、明治になってから政府によって整備された施設なので、海外からの貴賓客も多い。だが法一がそういった階層の人々に港の音楽のことを尋ねてみても、そういう下賤《げせん》なものに興味などない、あれは黒人たちの文化であって自分たちの階級とは無関係なものだから……と撥《は》ね付けられるばかりで、一切情報は得られなかった。

分からないとなるといっそう興味は高まるもので、法一は実際に港を尋ねてみることを決断した。

だが、夜中に抜け出すことは簡単でも、普段着の着物では目立ってしまうし、何より、知り合いに気付かれては大ごとだ。今の時代の日本は、西洋に――こと、その支配階級に――接近して一体化すべく邁進《まいしん》しており、そして法一は、国の宗教である神道に奉仕する立場にある。そんな身分の人間が西洋社会の被差別階級の人々と親しく交わるべきでないことは、規律で定められているわけではないものの、一種の暗黙の了解であった。

そこで法一は身分を隠すことにした。まず港にある船員向けの安い古着屋で洋服を調達し、それを人の寄り付かない廃寺に収めた。さらに髪を乱して顔も汚し、知り合いに会っても自分だとばれないよう工夫を凝らした上で、港に赴いたのだった。

「ここに来るまでは、あくまで興味本位でした。少し聞いたら帰るつもりだったのです。正直、貧しい船乗りたちの演奏など大したものではないだろうと決めつけていたのも確かです。ですが――」

そこで法一は言葉を区切り、目を閉じた。

初めてここで即興演奏を聞いた時のことを思い出しているのだろう、数秒間黙り込んだ法一は、木箱に腰掛けたまま、手元のクラリネットをぐっと握りしめ、絞り出すように声を発した。

「……衝撃を受けました」

法一はそう言って大きく息を吐き、頭を振ってさらに続けた。

「私も音楽を多少やっていますから、演奏を少し聞いただけで、即興で奏でられていることはすぐに分かりました。無論、守るべき決まりごともあるのでしょうが、彼らの音楽は、その上で、どこまでも自由でした。驚くべきは、それが充分に聞くに値する調べになっていることです……！　力強く雄大で、時に優しく繊細で……。一瞬先の旋律は誰にも予想できず、それでいて音の流れに不快感はまるでなく、意外性と楽しさがある……！　私は打ちのめされました。張り倒されたように感じました」

口早に言葉を重ねる法一の目は大きく見開かれたままで、凄《すさ》まじい感銘を受けたことが伝わってくる。素人の自分でも驚いたのだから、音楽の道で生きてきた法一が価値観を揺らがされても無理はない、と己之吉は思った。

「分かります」と八雲が相槌《あいづち》を打つ。

「アメリカで初めて聞いた時も、私、驚きました。即興でこんなにも楽しいメロディが……と。それに、あなたにとっては、彼らの演奏スタイル――形式も驚きだった、違いますか、法一？」

「仰《おっしゃ》る通りです。何しろ、彼らは立って演奏しているのです！　平気で舞台上を歩き回るのです……！　西洋でも東洋でも、素晴らしい音楽は正しい譜面によって成り立ち、音楽家は自分の持ち場に腰を据えるものである。そう思っていた私の固定観念は、もう、完膚なきまでに、叩き壊《こわ》されてしまいました」

「そういうことでしたか……。ですが、そこから何があって演奏に加わることになったんです？」

己之吉が尋ねると、法一は気恥ずかしそうに苦笑いした。

「向こうから声を掛けられたのです。考えてみれば当然ですが、顔馴染《かおなじ》みばかりの集まりに知らない東洋人が紛れ込んでいたら、誰だって気になります。私は、知り合いに気付かれないことばかり気にして、船乗りたちがどう思うかを考えていなかったんですよ。実に愚かです」

「ああ、なるほど。しかし言葉が通じなかったのでは？　どう説明したのです？」

「西洋音楽を学ぶために英語を修めていましたので、最低限の意思疎通はできました。自分は日本の音楽家だ、あなたたちの音楽を聞きに来た、こんな演奏は初めて聞いた、感銘を受けた……と伝えたところ、お前も音楽をやるなら加わってみないかと持ち掛けられまして、これを貸してくれたのです」

「法一、あなた、クラリネット吹いたことあったですか？」

「いいえ。西洋の楽器自体、初めてでした。ですが、基本は教えてもらいましたし、あとは見様見真似で何とか」

「見様見真似であの演奏を⁉」

己之吉が驚いた声をあげ、それは好乃も同感だった。

先ほど見た法一の演奏は、他の面々と比べても一切見劣り――聞き劣り――しないものだった。しかも、決まった譜面が存在するならまだしも、あれは即興演奏なのだ。

ぽかんと目を丸くする好乃と己之吉の傍らで、八雲が嬉《うれ》しそうにうなずく。

「音楽の才能、東西に通じるのですね。法一のアドリブ――臨機応変な演奏、素晴らしかったです。それで楽しくなり、毎晩通っていたですね？」

「その通りです。ただ、誤解しないでいただきたいのですが、私は決して雅楽に飽きたわけではありません。受け継がれた型を反復し、次代に繋《つな》いでいくことの大事さも分かっているつもりです。しかし……伝統というものの重みは確かに存在し、知らず知らずのうちにそれが私を縛っていたのだと、ここにきて気付かされました。何より、ここでの演奏は楽しかった……！　雅楽では一度も得たことのない高揚感が――興奮が、ここにはあったのです。ここの人たちが喜んで迎え入れてくれたこともあり、つい、夜になる度に足が向いてしまって……」

「それで毎晩夜っぴて演奏して、朝に元の服に着替えて戻っていた。そうですね？」

「……はい」

八雲に問いかけられた法一が素直に首肯し、それを聞いた己之吉は「そりゃあ疲れるわけだ」と感心と呆《あき》れの入り混じった声を漏らした。

「毎晩立ち上がって汗だくになって笛を吹いて、それで朝からは本業の雅楽があるわけでしょう？　倒れていないのが不思議なくらいですよ。今も相当疲れが溜《た》まっているのでは？」

「否定しようもありません……。私も、このままでは体が持たないと分かっています。しかし、ここの面々の乗る船は、もうすぐ出港なのです……！　なので、せめてそれまでの間はと思って……」

「事情分かりました。しかし、無理いけません。音楽家、体、一番大事です」

法一の告白を受けた八雲がしっかりとした口調で告げる。気遣われた芳一は「仰る通りです」と素直に認め、ふと思い出したように眉根《まゆね》を寄せた。

「それにしても、小泉先生はどうして私がここにいるとご存じだったのですか？」

「知っていたわけではありません。考えただけです」

「考えた……？」

「はい。きっかけは、先日の神社でのあなたの演奏でした。あれ、とても素晴らしかったです。私、感動しました。日本の雅楽では聞いたことのないリズム――調子を感じました。そして、どこか懐かしい思いました。アメリカにいた頃に聞いた音楽と似てる、思いました」

「そうだったのですか……。こちらでの経験はあちらでは隠しているつもりだったのですが、気付かれてしまっていたとは」

法一ががっくりと肩を落とし、そのやり取りを聞いた好乃は八雲の耳の冴《さ》えに感嘆した。一度聞いただけでそこまで分かってしまうとは、「耳の人」という異名は伊達《だて》ではないようだ。感心した好乃や己之吉が見守る中で、八雲は落ち込む法一に微笑みかけた。

「何も恥じることありません。それだけ法一が熱心に学んだ、いうことですから。それで私、法一の演奏聞いて、どこでこれ学んだだろう？　思いました。日本で聞ける西洋音楽、限られています。伝統的なオーケストラやオペラ、入ってきています。蓄音機も、輸入されています。でも、アメリカの港町の即興演奏、そう簡単に聞けません。私、考えました。ここ横浜です。海外の船、入ってきます」

「ああ！　だから僕に停泊中の船の船籍を調べさせたわけですか」

口を挟んだのは己之吉だった。そういうことです、と八雲がうなずく。

「己之吉、ルイジアナの船来てること、毎晩、港で船乗りが賑《にぎ》やかに騒いでいること、調べてきてくれました。事実、揃《そろ》いました。それらを繋げると、答え、見えてきます。あとは自分の目で……いいえ、耳で、確かめるだけでした」

「なるほど……。小泉先生が明晰《めいせき》なお方だとは藤多さんから伺っていましたが、まさかそこまでとは……。御見それいたしました。それで――やはり、このことは、神社や藤多さんに報告されるおつもりでしょうか」

「安心してください。そのつもり、ありません」

「えっ？」

法一が意外そうに目を見開く。八雲は安心させるように微笑み、傍らの己之吉や好乃にも「それでいいですね」と問いかけて、二人がうなずくのを確かめた上で、再び法一に向き直った。

「私、ゴースト・ストーリー、大好きですが、音楽も好きです。優れた音楽家のこと、リスペクト――尊敬しています。特に、高みを目指す音楽家を……。だから私、初めから決めていました。私、あなたのこと責めません。困らせません」

「それは……私としてはありがたいですが、しかし、そういうおつもりならば、先生はなぜわざわざ私のことを調べられたのです？」

眉《まゆ》をひそめた法一が身を乗り出して問いかける。それは好乃や己之吉も疑問に思っていたことだったが、八雲は三人の若者を見回し、こともなげに答えた。

「それ、さっき言いました」

「え？」

「無理いけません。音楽家、体、一番大事です」

「……え。ま、まさか、私にそれを言うためだけに……？」

「そうです。どんな事情があったにせよ、才能のある若者が無理をしているなら、私、止めます。私、教師――先生ですから」

そう言って八雲は再度微笑み、ぽかんとしている法一にうなずきかけた後、好乃へ顔を向けて苦笑いを浮かべた。

「やはり、ゴースト違いましたね好乃。あなた、言った通りでした」

「そうですね」

好乃がそっけなく相槌《あいづち》を打ち、四人の会話がそこで途切れる。

と、その隙を待っていたかのように、船乗りたちが英語でおずおずと割り込んできた。話しかけてきたのは、先ほど段上で法一とともに演奏していた面々だ。英語が不慣れな己之吉は「彼らは何と？」と八雲に尋ねたが、答えたのは法一だった。

「もう話は終わったのか？　と聞いています。どうやら、私たちの話が一段落付くのを待っていたようですね」

「それだけではありません。彼ら、私たちに、法一のことを教えています。とても褒めています。技術も才能もある優れた音楽家で、自分たちが日本に来たのは、法一に出会うためだったのかもしれない、と」

法一に続いて八雲が船乗りたちの言葉を訳す。それを聞いた法一は顔を赤らめたが、さらに船乗りたちが口々に発する声を聞き、ええっ、と目を丸くした。

言葉を失う法一に代わり、八雲が船乗りたちの言葉を解説する。

「彼ら、法一を誘っています。もうすぐ船、出る。自分たちアメリカに帰る。自分たち、資金を稼ぐために船に乗っていたが、目標の金額貯まったので、国に帰れば、酒場を渡り歩いて演奏する日々に戻る。そこで一緒にバンドを組まないか……」

「バンドというのは」

「音楽家のチーム――楽団のことです、己之吉。彼ら、熱心に言っています。ニューオーリンズの即興演奏は、ただの流行《はやり》じゃない。これまでになかった新しいジャンル

——分野になるはず。それを作るために、ぜひ法一の力を借りたいと……。そうですね、法一？」

「え？　ええ、そうです、そうですが……しかし、急にそんなことを言われても」

八雲に問いかけられた法一がおろおろと応じる。困ったような口ぶりだったが、その顔は明らかに上気しており、うずうずしているのが見て取れた。誘われたのが嬉しくて仕方ないようだ。

興奮した面持ちで船乗りたちと語る法一を前に、已之吉が八雲に小声で尋ねる。

「あの、いいのですか、先生……？　このままだと、法一さんは船に乗って行ってしまいそうなのですが」

「いいも悪いも、彼の自由です。若者の決断、邪魔してはいけません」

「いや、それはそうかもしれませんが……。好乃さんはどう思う？」

「ご本人がお決めになることかと存じます」

慌てる已之吉に好乃がそっけなく切り返す。さらに八雲は腰を下ろしていた木箱から立ち上がり、「行きましょう」と已之吉と好乃に声を掛けた。

「後はもう、部外者口挟むこと、違います」

そう言って八雲は音楽家仲間と語り合う法一に目を向けた。

法一は、八雲たち三人のことを忘れてしまったかのような勢いで、仲間と口早に言葉を交わしている。その姿を一瞥《いちべつ》した八雲は「幸あらんことを」とつぶやき、さっさと歩き出してしまったので、已之吉たちは慌ててその後を追った。

＊＊＊

こうして横浜港での一件にはひとまず幕が下りたのだが、それからしばらく後のことである。

お使いに出ていた好乃は、とある神社の前で足を止めた。

秋の祭礼なのだろう、入り口近くには幟《のぼり》が立ち並び、境内からはおごそかな雅楽の旋律が響いている。好乃が何とはなしに境内に入ると、高舞台に和装の奏者が並び、しめやかに笛や笙《しょう》を演奏していた。

その中の一人、真剣な面持ちで一心に竜笛を奏でる若者の顔に、好乃は思わず目を細めた。

そこにいたのは、紛れもなく加茂野法一だった。

アメリカの港町流の即興演奏を経験したことで笛の腕前はさらに冴《さ》えたようで、合奏の中でもその音は堂々と響き渡っていた。

「ここの祭りは毎年来てるが、今年の演奏は見事だねぇ。特にあの若いのの笛がいい」

「何でも、京都の名家の跡継ぎだそうだよ」

「ははあ、道理で！」

参拝客らがそんな言葉を交わす中、好乃はじっと法一を見た。

法一は好乃に気付いているのかいないのか、軽く目を伏せたまま、一心に笛を吹き続けている。

その顔はどこか寂しそうで、何かを悔やんでいるようにも見えた。

帰宅した好乃が、神社で法一を見たことを話すと、己之吉は驚き、八雲はただ「そうですか」とだけ声を漏らした。

「どうしてでしょう？」と己之吉が問う。

「あの夜の様子では、今にも船に乗りそうだったのに……」

「彼は、大きなものを——家や伝統を——背負っている身ですからね。土壇場で怖気《おじけ》づいたのか、あるいは正気に返ったのか……。よくある話です」

八雲が寂しそうに嘆息する。一方、己之吉は納得のいかない様子で、腕を組んで考え込み、怪訝《けげん》な顔を八雲に向けた。

「僕にはよく分からないのですが……これは幸せな結末なんでしょうか？」

「分かりません。おそらく、法一、本人にも分かっていないでしょう。……ですが、私、一つ気付いたことがあります」

「何です？」

「あの物語――琵琶《びわ》法師の芳一の話を、私が切なく感じる理由です。この話、好乃は知ってますね？」

「はい。先日、横浜の神社で伺いましたので」

好乃はうなずき、琵琶法師の芳一が平家の亡霊に付け狙われて耳を失う物語を、かいつまんで己之吉に語った。はあ、と己之吉が首を捻《ひね》る。

「確かに今回の一件と似ているような話ですから、先生が連想されたのも無理はないですが……。しかし、どこが切ないのですか？」

「これは、別世界の者たちに評価された天才が、結局、自分が元居た世界に留《とど》まってしまうという話なのです。元居た世界の者たちにとっては、この結末、幸せです。素晴らしい音楽家、自分たちの側に残ってくれるわけですから……。しかし、音楽家本人は？　もしかしたら別の世界に行っていた方が、彼は、充足する人生を得られたのかもしれません。……ですが、もうその機会、訪れないです」

そう言って八雲は再び溜息《ためいき》を落とし、抑えた声で言い足した。

「だからこれ、とても切ない話、思うのです」

《コラム②「耳なし芳一」と欠落する人体》

八雲の遺《のこ》した怪談の中でもよく知られた物語である「耳なし芳一」は「怪談」に収録された短編である。原話は口伝えの昔話としても広く語られていたが、八雲が参照したのは「臥遊奇談《がゆうきだん》」（一七八二年）と思われる。「食人鬼」同様、八雲は話の流れは変更していないが、描写を詳しくすることで原話に比べて五倍ほど長くなっている。

また、耳を奪われた後の芳一は人気を集めて金持ちになった……という結末部分は八雲が独自に付け足したものであり、これにより、「異界の存在に愛された名人が、異界と切り離されることと引き換えに現世利益を得る」という要素が追加された。

幼い頃に顔のない従姉《いとこ》ジェーンを見た一件については、エッセイ「私の守護天使」に記されている。現実とも夢ともつかないこの体験は、八雲にトラウマを植え付けるだけでなく、怪異の原体験ともなった。

なお、欠落した人体の恐怖を描いた八雲の作品には、「耳なし芳一」の他、のっぺらぼうの登場する「むじな」、赤ん坊の首がもぎ取られる「幽霊滝の伝説」などがある。

第三話　妖怪易者《ようかいえきしや》の秘密　――「果心居士《かしんこじ》の話」より

天正年間。洛北ニ果心居士ナル者有リ。年六十余。（中略）光秀反シ。右府ヲ弑シテ洛政ヲ執ル。居士ニ仙術有ルヲ聞キ。獄ヲ開テ之ヲ召ス。居士漸ク覚ム。乃チ光秀ノ館ニ至ル。光秀酒ヲ勧メ之ヲ饗ス。（中略）光秀曰ク。先生未タ足ラザルカ。曰ク少実スルヲ覚ユ。請フ一技ヲ呈セン。屛ニ近江八景ヲ画ル有リ。舟大寸余。居士手ヲ揚テ之ヲ招ク。舟揺蕩トシテ屛ヲ出ヅ。大イサ数尺ニ及ブ。而シテ坐中水溢ル。

（「夜窗鬼談」下巻「果心居士　黄昏草」より。
なお、引用に際して送り仮名や助詞を補った）

日課の散歩に出かけた八雲が見慣れない女児を連れて帰ってきたのは、秋の終わりも近づいた、ある肌寒い日の夕方のことだった。

玄関脇の土間で夕食の支度をしていた好乃は、まず八雲に「お帰りなさいませ」と挨拶《あいさつ》し、次いで、八雲の隣の小柄な少女に目をやった。

見たところの年の頃は十歳前後で背丈は四尺（約一二〇センチメートル）ほど、小脇には細い布で束ねた紙束を抱えている。大きな目はいかにも活発そうな印象を与えるが、元は綺麗《きれい》な赤だったと思《おぼ》しき着物はすっかり退色しきっており、帯も草鞋《わらじ》も擦り切れてボロボロで、生活が苦しいのが一目でわかる。

この子は誰だろうと好乃が首を傾げると、少女は好乃をまっすぐ見返し、はきはきとしたよく通る声を発した。

「こんにちは！　お邪魔します！」

「ええ、こんにちは……？　あの、八雲先生？　この子は？　お知り合いのお嬢様ですか？」

「いいえ。先ほど知り合ったばかりです。名前は」

「葛木真見《くずきまみ》！」

「だそうです」

真見と名乗った少女の後を受けて八雲が微笑む。さらに八雲は、好乃に真見が足を洗う水を用意させ、上り框《かまち》に腰掛けて続けた。

「真見、錦絵《にしきえ》売りながら歩いてました。私、不思議思って話を聞くと、真見、いつもは浅草で売っているけど、少し足を伸ばしてみたところ、道に迷ってしまった、言いました」

「浅草と言うと……確か、東京の東の方ですよね」

山陰出身の好乃は東京には詳しくなかったが、しばらくここで暮らしたおかげで主だった町やその位置関係くらいは把握している。歓楽街として知られる浅草と、八雲邸がある市谷とでは、二里（約八キロメートル）近く離れているはずだ。

「また随分と豪快に迷ったものですね」

「えへへ」

好乃が盛大に呆《あき》れると、真見は盥《たらい》の水で足を洗いながらはにかんだ。八雲が自分の下駄を脱ぎながら言う。

「真見に、浅草の方向と距離教えたら、今から帰る、言いました。でも、もう遅いです。夜なります。長い夜道、子供には危ないです。それに真見、とても空腹だそうです。だから私、うちに来て食事して、泊まっていきなさい、浅草には明日《あした》帰ればいい、提案しました。そうですね真見」

「うん！　そういうわけだから、お邪魔します！」

「は、はあ……。ですが、奥様が何と仰《おっしゃ》るか……」

屈託のない笑顔を向けられ、好乃は語尾を濁して戸惑った。

事情は理解できたし、八雲の振る舞いは人間にしては立派だとも思うものの、素性のよく分からない、しかも貧しそうな子を家に招くというのは、一般的には非常識とされる行動だ。八雲の妻のセツは嫌がるのではないか……と好乃は案じたのだが、結論から言うと、その心配は杞憂《きゆう》だった。

真見の元気な声を聞いて玄関先に出てきたセツは、話を聞くなり、あっさり八雲の提案を受け入れたのだ。

「構いませんとも。それにしても、パパさんは本当に子供に甘いですね」

「子供に優しくする、大人なら当たり前のことです。東京の人、冷たすぎるだけです。だから私、真見の錦絵、全部買いたい思います。いいですか、ママさん？」

「かしこまりました」

セツが苦笑いを浮かべてうなずき、それを聞いた真見が「やったーっ！」と両手を振り上げて歓喜する。気を揉《も》む必要はなかったようだと好乃は呆れ、大喜びする真見に顔を向けた。

「しかし真見さん、ここに泊まるとなると、ご家族が心配されるのでは？」

「大丈夫！　あたし家族いないから！」

「いない……？　その歳で、ですか？」

「うん！　おっ母がいたけど、ちょっと前に亡くなっちゃった。だからあたし、長屋に一人で住んで、おっ母の残した錦絵売ってるんだ！」

驚く好乃を見返した真見がきっぱりと言い放つ。

その笑顔は明るかったが、十歳ほどの子供が一人で暮らしていく難しさは好乃にも想像が付く。どうやらこの子は相当の苦労人らしいと察したのだろう、セツは痛ましそうに目を伏せた。


その後、真見は八雲邸で風呂《ふろ》に入り、着替えを借り、小泉家の夕食に加わった。

帰宅した已之吉も加えた夕食はいつになく賑《にぎ》やかだったが、已之吉は、郷里の妹と年恰好《としかっこう》が近い真見に過剰に同情して涙を浮かべ、真見を困らせた。

やがて食事とその後片づけが終わり、セツはいつものように息子の一雄を寝かしつけに行った。居間に残った已之吉が、八雲が真見から買い取った錦絵を眺めながら口を開く。

「ふうむ……。錦絵なあ」

錦絵とは、江戸時代以来の浮世絵の流れを汲《く》む、伝統的な多色刷りの木版画の総称である。己之吉の手元の錦絵には、堂々と走る蒸気機関車や運河を行く蒸気船、石造りの洋風建築物、真新しい鉄橋や洋装の人々など、文明開化を象徴するような光景ばかりが描かれていた。己之吉は、隣から絵を覗《のぞ》き込む好乃と視線を交わした後、顔を上げて真見に尋ねた。

「こういうのは一昔前のものだと思っていたが……。まだ売れるのか？」

「あんまり売れない！　こんなのもう、珍しい光景でもないからね」

あぐらをかいた真見がけろりと答える。でしょうね、と八雲は苦笑し、束の一番上に置かれていた、鉄道を描いた錦絵を手に取った。

「鉄道も汽車も、東京では、とっくに当たり前の光景です。落語家が毎日寄席《よせ》に鉄道で通うのが、ニュース──目新しい話題になったのが、二十年ほど前と聞きました。今ではもう、そんなこと聞いても誰も驚きません。それに、錦絵という形式も、懐かしいものです。最近では印刷写真の方が人気、違いますか？」

「異人さんの言う通り」

八雲の言葉を真見はあっさり認め、幼さに似合わない疲れた溜息《ためいき》を落とした。

八雲の言ったように、明治初期には人気を誇った錦絵も、この時代には既に過去のものとなりつつあった。錦絵の主な題材であった新時代ならではの光景が目新しさを失ったことに加え、印刷技術の発展により、新聞や写真が大量生産できるようになったためだ。さらに数年が経ち、二十世紀の訪れとともに写真絵葉書ブームが到来すると、錦絵という文化は完全に過去の遺物となるのだが、それは少し先の話である。

「でもなあ」と真見は苦笑した。

「生きてた頃のおっ母が山ほど買い付けちゃったからさ。あたし、これ売って食ってくしかないんだよ。長屋にはまだまだ残ってるし」

「何と不憫《ふびん》な……！　だったら、売る場所を変えてはどうだ？　この手の光景が珍しい地域も日本にはまだまだ残っている。そういう人がよく来そうな場所……たとえば東京駅などで売り歩けば」

「お兄さん、分かってないなあ。あのね、こういう商売って、どこでやってもいいわけじゃないんだぞ？　町ごとに怖ーい元締めがいて、どこが誰の縄張りなのか決められてるんだ。あたしの持ち場は浅草だけ。うっかり破ったら簀巻《すま》きだ」

「そ、そういうものなのか……。不勉強で申し訳ない。……いやしかし、真見ちゃんは市谷まで来ていたんだろう？　縄張りはどうしたんだ」

「迷ったんだから仕方ないよな！」

開き直った真見がニカッと笑う。堂々とした物言いに好乃は呆れたが、この歳の子供が一人で生きていくとなれば、ある程度のふてぶてしさは必要なのだろう。同情した好乃が「大変なのですね」と労《ねぎら》うと、真見は「まあね！」と胸を張り、ふいに黙り込んで大きな息を吐いた。

ランプの照らす八雲邸の居間に、大きな溜息が染み入るように響く。

一同が見守る中、幼い少女はうつむいたまま、あーあ、と声を漏らした。

「……おっ母が、貂鬼坊《てんきぼう》にさえ騙《だま》されなかったらなあ」

「テンキボウ？　誰ですか、それ」

「異人さん、知らないの？　狐狗狸庵《こくりあん》貂鬼坊。最近、浅草で評判になってる易者のおっさんだよ。動物のもののけの力を借りて未来を言い当てるって触れ込みで、自称『現代の果心居士《かしんこじ》』」

顔を上げた真見のその説明に、八雲邸の三人は顔を見合わせた。好乃にとっては初めて聞く名前だが、それは己之吉や八雲も同じらしかった。

「その名は初耳だが」と己之吉が言う。

「『現代の果心居士』とは随分大きく出たものだなあ。果心居士と言うと、講談に出てくる戦国時代の幻術師だろう？」

「そうなの？　変な名前だなーとしか思ってなかったけど、いたんだ」

「いたというと語弊があるが……。実在の人物ではないようだからな。僕もあまり詳しくはないけれど、顔を撫《な》でるだけで面相を変え、自由に姿を消し、虫や獣に化けるなどの不思議な術を使いこなし、時の権力者・織田信長《おだのぶなが》や豊臣秀吉《とよとみひでよし》らを翻弄《ほんろう》したとかしないとか、そんな逸話があったはずだ。自在に火の玉を飛ばして見せたとかいう話もあったような……。先生はご存じですか？」

「はい、知ってます。『夜窗鬼談《やそうきだん》』という本にありました」

食い付くように八雲がうなずいたが、その顔にはなぜか嬉《うれ》しげな微笑が浮かんでいる。何を喜んでいるのかと好乃は思ったが、それを尋ねるより先に八雲は「私、この話、好きです」と続け、果心居士の伝説を語り始めた。

天正《てんしょう》の頃（一五七三年〜一五九二年）の京都の北に、果心居士と呼ばれる一人の老人がいたそうです……と八雲は語った。

素性不明のこの老人は、地獄を描いた掛軸を持っており、それを人々に見せて説法をすることで生活の糧を得ていた。その掛軸の出来栄えは凄《すさ》まじく、当時の京都の支配者であった織田信長の部下の一人・荒川《あらかわ》が、居士からそれを買い付けて信長に献上しようとしたところ、居士は百両を求める。法外な高値に怒った荒川は居士を斬り捨てて掛軸を奪うが、後日、殺したはずの居士は元気な姿で現れ、さらに奪った掛軸からは絵が消えていたため、荒川は錯乱し、罰せられる。

その後、居士は信長の前に現れ、百両を払えば絵は元に戻ると告げた。信長が試しに百両を支払うと、掛軸の絵は確かに復元されたが、元の迫力は失《う》せていた。理由を尋ねる信長に居士は言う。あなたが百両を払ったから百両相当の絵になってしまったのだ、と。

やがて信長は部下であった明智《あけち》光秀《みつひで》に裏切られて死ぬ。一時的に権力を得た光秀は、果心居士の噂を聞いて興味を持ち、呼び寄せた居士を手厚くもてなした。酒樽《さかだる》を空にするまで飲んだ居士は上機嫌になり、酒の礼に芸を見せようと言って、その場にあった屏風《びょうぶ》を指差した。

屏風には琵琶湖《びわこ》の湖上を行く小舟が描かれていたが、居士が手を振ると舟はぐんぐんとこちら側に近付き始め、同時に屏風からは水が溢《あふ》れ出た。光秀らが慌てふためく中、居士は……。

「なあ。それ、まだ長いのかー？」

八雲の語りを遮ったのは真見だった。

長い話に退屈したのだろう、あからさまに顔をしかめる真見を見て、八雲は「失敬」と素直に謝った。

「話逸《そ》れて、しかも長くなってしまいました。私の悪い癖、また出ましたね。というわけで、この話、ここで中断します。いいですか、已之吉？」

「ええ、僕は全然構いませんが……。しかし、先生の語られた果心居士の話は初耳でしたけれど、いい話ですね。果心居士の行動に一貫性がある」

「已之吉、言う通りです。力あっても人を無闇に傷つけず、強者におもねることもない……。理想的な生き方の一つ、私、思います」

「仰《おっしゃ》る通りですね」

共感し合った八雲と已之吉がうなずき合う。一方、好乃は、いつも通りの落ち着いた表情のまま、「已之吉は実在の人物ではないと言っていたが、今の話の通りのことをやってのける人物がいたら、それは妖怪《ようかい》だろうな」と内心でつぶやいていた。

どこにも属さずに気ままに生きていて、自分を害そうとした相手は懲らしめ、歓待されると力を披露する……という在り方はいかにも妖怪らしいし、話の中で果心居士が使った幻術も、妖怪にとってはありふれたものばかりだ。

これがもし、永続的かつ大規模で実体のある幻を維持したり、現実を改変してその痕跡《こんせき》を残したりするとなると、相当格の高い妖怪にしかできない芸当になるのだが、果心居士のやったように火の玉を飛ばしたり、一時的な幻を見せたり、出たり消えたりするのは、妖怪にしてみれば初歩的な技で、当然、好乃も使うことができる。

もっとも最近は使っていないけれど……などと好乃が思っていると、八雲は真見に向き直って話題を戻した。

「それで、その現代の果心居士の男、何という名前でしたか？」

「狐狗狸庵貂鬼坊。キツネにイヌにタヌキの庵《いおり》、イタチの仲間のテンに鬼に坊主の坊だよ」

「恐ろしく盛り沢山な上に古めかしい名前だなあ。『狐狗狸』というのは『こっくりさん』から来ているのだろうが、あれが流行《はや》ったのも相当前だぞ」

呆《あき》れた声を発したのは己之吉だ。「こっくりさん」の流行のことは好乃も知っていた。三本の棒を組み合わせて作った台の上に丸盆を置き、そこに複数人で手を当ててまじないを唱えると「こっくりさん」が質問に答えてくれる、という趣向の占いで、今から十年ほど前に流行したが、すぐに廃れてしまった。

そうですね、と八雲が己之吉に同意する。

「動物のものの力を借りるという触れ込み、現代の果心居士というニックネーム――異名、いずれも、昔のものです。私、好きですが、今風ではないですね」

「うん。だから最初はお客さんも全然寄り付かなくて、あいつの小屋には閑古鳥が鳴いてたんだ。でも、評判がちょっとずつ広がって……今では、浅草のあの界隈《かいわい》でも飛びっきりの人気だよ」

「ほう。真見、貂鬼坊は易者言いましたね？　その占い、そんな当たるですか？」

興味を持った八雲が問いかける。八雲と己之吉、それに好乃に見つめられた真見は神妙な顔になり、「当たる」ときっぱり言い切った。

「あたしは見てもらったことがないし、占ってるところも見たことはない。あいつの小屋は小さくて、客は一人しか入れないんだ。でも、おっ母は言ってた。貂鬼坊は本物だ、あの人は何でも見抜くんだ――って」

「何でもとは、何でもですか？」

「何でもは何でもだよ、異人さん。貂鬼坊は、入ってきた客が何かを言う前に、そいつの名前も仕事も悩みも全部、言い当てちゃうんだ。占い師の決まり文句に『黙って座ればピタリと当たる』ってのがあるけどさ、あいつはまさしくそれなんだよ」

「まさか……！」

己之吉が驚いた声を発する。信じられないと言いたげに顔をしかめる己之吉を、真見はじろりと睨《にら》みつけた。

「『まさか』って言われても、そうなんだから仕方ないだろ？　実際、おっ母は、貂鬼坊の言葉は全部当たったたって言ってたし、同じような話はいくらでも聞いた。勿論《もちろん》、おっ母と貂鬼坊はそれまで会ったことも話したこともないんだよ？　で、客は全員飛び込みだから、相手のことを前もって調べておくこともできない。……悔しいけど、あいつの力は本物だよ」

「ふ、ふうむ……。ありえないとは思うが、もしそれが本当なら恐ろしい……。評判になるのも頷《うなず》けるな」

「そうなんだ。だから、一回でも見てもらった人は、みんな貂鬼坊に入れ込んじゃう。二回目からは鑑定料が高くなるし、これからこうしろとか何とか助言もするんだけど、そっちは曖昧《あいまい》で適当でいい加減なのにさ」

「何？　いや、全てを見抜く目を持っているなら、いくらでも具体的な助言ができるだろう。なのに助言は適当なのか……？　なぜだ？」

「知らないよ。客が困った方がまた来て儲《もう》かるからじゃないのか？　実際、元々体が弱かったおっ母は、薬代もお医者代も全部あいつにつぎ込んで……それで、あっさり死んじゃった」

「何と……！」

悲痛な声を八雲が漏らす。真見の母を悼むような短い沈黙が居間に満ちる中、真見はやるせなさそうに視線を落とし、悔しげに言い放った。

「あいつに毟《むし》り取られてる人は、他にも大勢いる。浅草の恥だよ、あんなの！」

「むう……。痛ましい話だなあ……。しかし苦情は出ないのか？　実際に客が不幸になっているわけだろう」

「お上はそんなのいちいち取り締まらないよ。貂鬼坊本人に文句を言ったところで、もののけは気紛れだからお告げは外れることもある、でも私の力が本物なのはお前の素性を見抜いたことで証明されているだろう？　で終わりだよ」

「悪質ですね……。私の知る果心居士、そんなことしません。許せません。許せません」

八雲が大きく眉根《まゆね》を寄せて頭《かぶり》を振る。さらに八雲は「許せませんが」と念を押した上でさらに続けた。

「その能力の真偽も気になります。本当にもののけ――ゴーストの力を借りているなら、ぜひ、この目で見たいです」

居間に響いた熱っぽい語りに、己之吉は「また始まったぞ」と言いたげな視線を好乃に向け、好乃は表情だけで「始まりましたね」と応じた。無言で視線を交わす若者二人に、八雲が語りかける。

「己之吉、好乃に、私、頼みます。明日《あした》、真見を浅草まで送っていってください。ついでに、貂鬼坊のこと調べてみてください。鑑定料は、私が出します」

「いいの？　初回は一番安いんだけど、それでも結構高いよ」

「それくらいは必要な出費です。いいですか、己之吉？」

「はあ……。正直、そう来るだろうなとは思っていましたし、この子のことも心配なので構いませんが……先生は来られないのですか？」

八雲の指示を受けた己之吉はうなずいた上で訝《いぶか》ったが、それは好乃も同感だった。

普段の八雲ならこういう話は自分の目と耳で確かめようとするはずだが、何か用事でもあるのだろうか？

そう思った好乃たちが見返すと、八雲は辟易《へきえき》したように再度頭《かぶり》を振り、苦笑いを浮かべてみせた。

「私、今の浅草、苦手なのです」

＊＊＊

一夜明けた翌日、好乃と己之吉は真見を伴って浅草へ向かった。

市谷から浅草までは二里ほどあるため、八雲は馬車か人力車を使うように言って運賃も持たせてくれたが、真見は「もったいないから歩く！」と言い張った。地方出身者である己之吉たちもそれくらいの距離なら特に苦にならないので、三人はぶらぶらと徒歩で東へ向かった。

少し肌寒かったが歩くには丁度いい気温で、空は気持ちのいい秋晴れである。錦絵《にしきえ》が全部売れたので足取りも軽いのだろう、真見が軽やかに先頭を行き、好乃と己之吉は雑談しながら後に続いた。

「それで、その何とかいう易者のことだけど……好乃さんはどう思う？」

「どうと言われますと」

「うん。昨夜は恐ろしいと思ってしまったが、改めて考えてみると、馬鹿馬鹿しい話だと思えてきたんだ。汽車がそこらじゅうを走る科学の時代に、もののけだ何だのというのは、時代錯誤も甚だしいじゃないか」

すぐ隣に本物のもののけがいるとも知らず、顔をしかめる己之吉である。好乃は
「そうかもしれませんね」と適当に相槌《あいづち》を打ったが、そこに真見が割り込んできた。

「お兄さんは物知らずだなあ……！　汽車が走る時代だってお化けは出るぞ？　偽汽《にせ》車って知らないのか？」

「『偽汽車』？　ああ、そういえばそんな話もあったなあ……。あれだろう？　汽車が夜中に走っていると、正面から別の機関車が突っ込んでくるという」

「そうそう！　びっくりして運転手が汽車を止めると向こうも消えるんだよね。そんなことが何度も続くもんだから、ある晩、思い切って突っ込むと何も起こらず」

「あくる朝、線路脇で狐が死んでいるのが見つかった」

「そう――って、狐？　あたしの知ってるのは狸だぞ」

「え。そうなのか？　僕の故郷では古い狐の仕業だったんだが」

己之吉は真見を見返し「地域によってオチが違うのかもな」と付け足した。

ここで二人が語った「偽汽車」、あるいは「化け汽車」などとも呼ばれる怪談は、

鉄道網の拡大に伴い、明治二十年代から各地で語られるようになったものだ。原因とされる動物は地域で異なり、東日本では狐、西日本では狸が多かったという。

なお、好乃は、偽汽車は物好きな妖怪《ようかい》が幻術で見せたものであることも、翌朝の線路脇で死んでいたのは汽車に撥《は》ねられた普通の動物であり、偽汽車の犯人でも何でもないことも知っていたが、勿論口には出さなかった。

好乃が無言で見守る先で、真見が己之吉を見上げて尋ねる。

「そう言えば、お兄さん、どこの生まれなんだ？　昨日、田舎って言ってたけど」

「群馬だ」

「ぐんま？　聞いたことないなあ。そこほんとに鉄道来てるのか？」

「馬鹿にするな。一応、高崎《たかさき》までは通っているぞ」

大袈裟《おおげさ》に訝る真見を己之吉が睨み返し、まあまあと好乃が割って入る。

そんなやりとりを重ねているうちに一行は目的地へと近づいていたようで、ふいに真見が前方を指差して声をあげた。

「見えたぞ！」

真見が自慢げに指し示した先、街並みの向こうには、まるで平面に突き刺さった釘《くぎ》のように、恐ろしく背の高い塔がそびえていた。煉瓦《れんが》造りで角ばった形状の塔を見上げ、己之吉が「おお」と感嘆する。

「あれが噂に名高い浅草十二階か……！　名前だけは聞いたことがあったが」

「そう！　日本で一番高い建物だ！　あ、でも本当の名前は『凌雲閣《りょううんかく》』だぞ？」

この凌雲閣、通称浅草十二階は、明治二三年（一八九〇年）に完成した十二階建ての展望塔である。その高さは五二メートルに達し、当時の日本で最も高い建造物であり、関東大震災で倒壊するまで浅草の象徴として親しまれた。

「な、凄《すご》いだろ？」と真見が好乃に問いかける。

「お姉さんもびっくりしたか？」

「え、ええ……。そうですね。驚きました」

好乃は西洋流の近代的建築はあまり好きではない。だが、真見の無邪気な笑顔を見ていると、混ぜ返す気にはならなかったし、この高さはなかなか凄いな……と思ってしまったのも事実なので、素直に答えることにした。

それを聞いた真見は誇らしげにうなずき、「行くぞ！」と歩調を速めた。

真見が、貂鬼坊のところに案内する前に自宅に寄りたいと言ったので、三人はひとまず、浅草の外れにある裏長屋へと向かった。

真見の長屋のある一帯は、歓楽街として名高い浅草の区域内とは思えないほど寂しい場所だった。隙間だらけの長屋を中心に、骨組みだけのあばら家や、風が吹けば倒れそうな小屋が肩を寄せ合うように建ち並び、行き交う住人たちも見るからに貧しそうだ。

　真見は顔なじみの住人たちに挨拶《あいさつ》した後、好乃たちを伴って狭い自宅に入った。一間しかない部屋には売り物の錦絵が重ねられており、壁際の小さな木棚には簡素な位牌《いはい》が置かれていた。真見は無言でその位牌に手を合わせ、けろりとした表情で振り返った。

「お待たせ。行こうか」

「もういいのか？」

「うん！　昨夜、おっ母に挨拶できなかったからさ。ほら、毎朝毎晩ちゃんと顔を見せないと、心配させちゃうだろ？」

「何と健気《けなげ》で信心深い……！」

　真見の屈託のない笑顔に已之吉が深く感激する。さらに已之吉は「なぜこんな幼い子供が一人で生きていかねばならないんだ」「国は何をしているんだ」と涙を拭《ぬぐ》いながら熱弁し、それを聞かされた真見はうんざりした顔を好乃に向けてぼやいた。

「……このお兄さん、面倒くさいよな」

「悪い人ではないんですよ」

＊＊＊

浅草寺《せんそうじ》を擁する浅草は江戸時代から観光地として知られていたが、明治一九年（一八八六年）に浅草公園が開園すると、明治の東京を代表する遊興と娯楽の町となった。

中でも公園の第六区は、かつて浅草寺近辺に点在していた常設の見世物小屋が全てここに集められたことから、胡散臭《うさんくさ》い小屋がひしめき合う一種の魔窟《まくつ》的空間となっており、真見に連れられて六区に足を踏み入れた己之吉は露骨に狼狽《うろた》えた。

広くもない未舗装の道の左右には、原色のけばけばしい看板や幟《のぼり》を掲げた簡素な小屋が所狭しと建ち並び、呼び込みがそこらじゅうで声を張り上げている。

その光景がよほど新鮮だったのだろう、見物客がぞろぞろと行き交う通りの真ん中で己之吉はぽかんと立ち尽くし、あたりを見回している。好乃が「立ち止まると危ないですよ？」と声を掛けると、己之吉は我に返って赤面し、慌てて道の端へ寄った。

「すまない好乃さん」

「いえ、私は構いませんが……。大丈夫ですか？」

「ああ。ただ、ちょっと驚いてしまって……」

「大袈裟だなあお兄さん。見世物小屋なんか田舎にもあるだろ。お祭りとかに来ないのか？」

「少しは来るが、こんなにたくさん並んでいるのは初めてで……。何より、思っていたのと違ったんだ」

呆《あき》れる真見に反論し、己之吉は建ち並ぶ見世物小屋を改めて見回した。ずらりと並んだ小屋の演目は、舶来の電球の展示や蓄音機の実演、西洋の油絵を見せる茶屋など、海外由来の物品を扱うものがほとんどだ。

「見世物と言ったら、古来の奇術やら軽業やら講談やら、カラクリやら生き人形やら、後は化け物の骨だの死体だのじゃないのか？　なあ好乃さん」

「え、ええ、確かに……。私もそう思っていたのですが」

「古いなあ二人とも！　東洋がかったネタは、今は全然受けないんだよ？　何せ文明開化の世の中だからね。何てったって、今の流行《はやり》は西洋だよ。近代科学だよ」

「そうなのか……。八雲先生がここに来るのを嫌がるわけだ」

得心した後、しみじみと納得する己之吉である。好乃が「それで、貂鬼坊の小屋はどこなのです」と尋ねると、真見は二人を手招きして歩き出した。

現代の果心居士こと狐狗狸庵貂鬼坊の小屋は、見世物小屋区域の端にあった。一回に一人しか入れないという形式のためだろう、天幕で覆われた小屋は小さかったが、小屋の小ささを補うように、周辺には「易」「現代の果心居士」「狐狗狸庵貂鬼坊」「もののけの力ここにあり」「驚異」などと仰々しく墨書された幟が何本も突き立てられており、十数人の客が列を作っていた。小屋の出入り口は一つだけで、相談室は奥の方にあるのだろう、中の声は聞こえてこない。

その光景を見た己之吉は、来た道に並んでいた小屋を見返した上で、なるほど、とつぶやいた。

「東洋風の装いの小屋はここくらいしかないんだな」

「そう。だから逆に目立つんだよな。で、連れてきたけど、お姉さんたちこの後どうするんだ？」

「先生に言われていますし、一応占ってもらうつもりで――」

好乃がそう応じた時、小屋の入り口に掛けられた幕が動いた。中に入っていた客が出てきたのだ。幕が持ち上げられたことで薄暗い小屋の中の様子が垣間《かいま》見え、その瞬間、ぞっ、と好乃の背筋が震えた。

妖気《ようき》……！

思わず好乃は胸の内で叫んでいた。

ほんの一瞬だけしか感じなかったが、今のは間違いなく妖気、八雲の言うところのゴーストの気配だった。しかも相当強いものだ。

発生源らしいものは通りには見当たらないので、入り口の幕が開いた時に、小屋の中から漏れてきたとしか思えない。

　ということはつまり、あの中にいるのは——狐狗狸庵貂鬼坊は——ただの人間ではないのか……？

　青ざめた好乃が立ちすくんでいると、それに気付いた己之吉が目を丸くした。

「好乃さん？　顔が真っ青だが、具合でも悪いのか？」

「すみません、ちょっと立ち眩《くら》みが……ですが、もう大丈夫です」

「いや、しかし」

「大丈夫ですのでお気遣いなく」

　理由を説明するわけにもいかず、好乃は強引に取り繕った。さらに「それより並びましょう」と促すと、己之吉は不安そうな顔のまま、天幕前の列に加わった。

　それからしばらく、三人は順番が回ってくるのを待った。

　列に並んでいる間も、好乃は先の妖気のことを考えていた。

　妖気を感じたのは最初の一度だけで、その後何度も天幕は開閉されているが、あの強烈な妖気が漏れてくる気配はない。

　しかし、さっきのが勘違いとも思えない。となると、妖気の主——おそらく貂鬼坊は、気配を感知されたことを察し、自身の妖気を隠した可能性がある。

だが、そんな器用な真似ができる妖怪《ようかい》は、格の高い古株だけで……。

「……さん？　ちょっと、お姉さん？　聞いてる？」

真見の苛立《いらだ》った声が好乃の思考を遮った。話しかけられていたようだ。我に返った好乃が「すみません」と頭を下げると、真見は目を細めて呆れ、已之吉は不安そうに好乃を見た。

「しっかりしなよ、もう」

「珍しいな、いつも落ち着いている好乃さんが……。本当に大丈夫か？」

「申し訳ありません。少し、ぼうっとしていただけですから……。それで、何の話でしたでしょうか？」

「もうすぐ番が回ってくるけど、貂鬼坊のところに誰が行くかって話。昨日も言ったけど、ここ、一回に一人しか入れないからさ」

「なので僕が代表して行ってこようと思うんだが」

「えっ。已之吉さんが……？」

好乃は思わず顔をしかめていた。

已之吉は善良ではあるが、はっきり言って、かなり頼りない部類に入る人間だ。本物の、それも相応に年を経ているであろう手練《てだ》れの妖怪と、一対一で会わせていいものだろうか……？

好乃が危ぶむと、己之吉は自分ではあてにならないと思われていると感じたのか、不服そうな顔で反論した。

「真見ちゃんは子供だし、好乃さんは女性で、しかも二人とも僕よりも年下じゃないか。何かあったら大変だろう。だったら僕が行くしかあるまい」

「お気持ちはご立派ですが、しかし」

「大丈夫だ、どうせイカサマに決まっている。手口を見抜いてやるつもりだ」

「はあ……」

煮え切らない声で相槌《あいづち》を打ちつつ、好乃はさらに考えた。

イカサマではなさそうだからこそ好乃は心配しているのだが、昨夜の真見の話を聞く限り、貂鬼坊は悪質ではあるものの、客を片っ端から食い殺すような乱暴なことはしていないようだ。とりあえずは手口を探っておきたいし、だったらまあ、この人間でも事は足りるか。

「分かりました。お願いします」

好乃が平静な声でそう告げると、己之吉は「任せてくれ」と笑ってみせたが、その笑顔は見るからに不自然で、おまけに声は震えていた。

怖いのだな、と好乃は思ったが、不思議と呆れはしなかった。

それから程なくして三人の番が回ってきたので、己之吉は受付の男に鑑定料を払って天幕の中へと姿を消し、好乃と真見は表で己之吉が出てくるのを待った。

林立する幟《のぼり》の陰で、好乃が出入り口をちらちらと見やっていると、その視線に気付いた真見が「なあ」と声を発した。

「お兄さんのこと、そんな心配なのか？」

「えっ？　いえ、そんなことは――」

ありませんが、と続けようとした好乃は、胸中に己之吉を案じる気持ちがあることに気付いて口をつぐんだ。

自分が注意を払うべき人間は八雲だけであり、己之吉はたまたまその家に間借りしていただけの、無関係な人間に過ぎないはずだ。

にもかかわらず、自分は己之吉を心配してしまっているらしい。

絆《ほだ》されたものだな……と好乃は自嘲《じちょう》し、素直に真見の言葉を認めた。

「そうですね。あの方、危なっかしいですから」

「だよなあ。ああいうのは、ちゃんと見ててやらないと危ないぞ」

「はいはい」

真見の大人ぶった忠告に好乃が苦笑で応じ、そして、僅《わず》か数分後。

「好乃さん！　真見ちゃん！」

血相を変えた己之吉が、好乃たちを呼びながら小屋から飛び出してきた。「めちゃくちゃ早いな！」と真見が驚き、それは好乃も同感だった。

「大丈夫ですか、己之吉さん……？　随分、顔色がお悪いですが」

「占いはどうだったんだ？　貂鬼坊は――」

「当てられた……！」

己之吉の口早な即答が好乃の問いに被《かぶ》さった。泡を食った顔の己之吉は、額に浮いた冷や汗を手の甲で拭《ぬぐ》い、神妙な声で「当てられたんだ！」と繰り返した。

「小屋に入って座るなり、あの男――貂鬼坊は、僕の何もかもを言い当てたんだ！名前も生国も好きな食べ物も、郷里の妹や弟の名前まで……！　実を言うと、僕は今日まで易者を信じていなかった……。昨日、真見ちゃんの話を聞いた時も、どうせ待っている間に下っ端に客の素性を尋ねさせて、その内容を共有するとか、そんな仕掛けがあるんだろうと高をくくっていたんだが」

そこで己之吉は一旦《いったん》言葉を区切り、恐ろしい物でも見るような目で小屋を一瞥《いちべつ》した後、二人に向き直って小声で続けた。

「だが、そんな隙なんかどこにもなかった……。僕は小屋に入ってから何も喋《しゃべ》っていないんだ！　なのに――なのに……！　どう思う？　信じられるか好乃さん？」

「落ち着いてください。順を追って話していただかないと、信じられるも何も、答えようがありません」

焦る己之吉をなだめるように、好乃は穏やかに語りかけた。

己之吉からは妖気は感じられなかったが、相手が妖気を出し入れできるなら、残滓《ざんし》の有無は何の証拠にもならない。

好乃がじっと見上げ、さらに真見が「分かるように言え！」と叱ると、己之吉はようやく自分の焦りに気付いたようで、かあっと顔を赤らめた。

「も、申し訳ない……。ええと、まず、小屋に入ると、狭くて暗い部屋に通されたんだ。そこには小さな台を挟んで腰掛けが二つあり、向かい側に黒い布を被った男が座っていた。そいつは狐狗狸庵貂鬼坊と名乗り、僕に、空いている腰掛けに座るように言ったんだ。台の上には大きめの蠟燭《ろうそく》と、線香が幾つか燃えていて、部屋にはその匂いが充満していた」

「線香のことはおっ母も言ってたなあ。それで？」

「僕は言われた通り腰を下ろした。すると貂鬼坊は、蠟燭の立っている燭台《しょくだい》を持ち上げて僕を見た。空気が籠《こ》もっているから息苦しくて、何だか気が遠くなりそうな感じがして——そこで貂鬼坊が僕の名前を当てたんだ。名乗るどころか、何も話していないのに……！　驚く僕の目の前で、貂鬼坊はさらに僕のことをツラツラと語った。生まれ故郷や家族の名前を……」

「……それも、おっ母から聞いた通りだ。それで？」

「なぜ知っているのか、と僕は尋ねた。名前の通りだ、狐や狗《いぬ》や狸や貂《てん》などのもののけの力だ、と貂鬼坊は答えた。信じられない話だけれど、言い当てられてしまった以上、信じるしかない……。あ、あれは、本物だ」

「本物とは？　本当にもののけの力を借りているということですか？　それとも――貂鬼坊自体がもののけ……？」

「好乃さんの疑問はもっともだが、僕にもそこまでは分からない。もののけだの何だのが見えたわけでもないから……。だが、あの力に嘘はない！　いいか真見ちゃん！あれは本物だぞ！」

「そ、そうなんだ……」

気圧《けお》された真見は戸惑いながら相槌を打ち、「と言うかあたし、昨日そう言ったじゃん」と抑えた声で言い足した。そのぼやきが聞こえているのかいないのか、己之吉は真剣な眼差《まなざ》しで真見を見据え、小さな肩に手を置いて続けた。

「あれはもう人間がどうこうできる相手じゃない。君のおふくろさんは可哀想だが、もう関わらない方がいいと思う……！　分かったな？」

「え？」

「分かったか？」

「う、うん……」

己之吉の勢いに押し切られ、真見がおずおずと首肯する。

返事を確かめた己之吉は、ふう、と大きな息を吐き、恐ろしいこともあるものだ……と言いたげに、それはもう大仰に頭《かぶり》を振った。

＊＊＊

その日の夜、己之吉は八雲邸の書斎にて、貂鬼坊の力がいかに凄《すご》かったのかを熱弁した。愛用の椅子に腰かけた八雲は、神妙な表情で己之吉の報告に耳を傾け、話が終わると、ふむ、とうなずいて口を開いた。

「よく分かりました。ありがとうございます、己之吉。それで、貂鬼坊から何かアドバイス——助言、受けましたか？」

「えっ？　ああ、いや、それがですね……実は……」

「己之吉さん、自分のことを全部言い当てられたので怖くなって、そこで出てきてしまったそうなんです」

赤面して言葉を濁す己之吉に代わり、同席していた好乃が告げる。それを聞いた八雲は盛大に噴き出した。

「せっかく評判の易者に見てもらったのに、何の助言も受けずに飛び出してきたですか？　贅沢《ぜいたく》な、もったいないことをしましたね」

「申し訳ありません……！　せっかく鑑定料を出していただいたのに」

「いえ、構いません。脅され、のめり込まされる人がいることを思えば、そもそも助言を聞かない、むしろ賢明な行動かもしれません。ありがとう、参考になりました。休んでください」

痛み入る己之吉に八雲が穏やかに微笑みかける。うなずいた己之吉が退室すると、八雲は書斎に残った好乃に向き直った。

「己之吉、誠実な青年ですが、気が弱いの、玉に瑕《きず》ですね……。それで好乃、あなたの目から見て何か気付いたことはありますか？」

「……奴の小屋の前で、強烈な妖気《ようき》を感じた」

抑えた声で好乃が応じる。さらに「感知できたのは一度だけだったが間違いない」と言い足すと、八雲は元々大きな目をさらに見開き、嬉《うれ》しそうな声をあげた。

「ほほう！　つまり貂鬼坊は本当にゴーストを従えている、いうことですか？」

「分からない。本人が妖怪《ようかい》という可能性もある」

「人に化けているあなたのように、ですか……？　なるほど！　私、俄然《がぜん》、興味が湧いてきました。ぜひ、直接、貂鬼坊を見たいです」

「会いに行く気か？　相手は本物かもしれないんだぞ」

「だからこそです！　あ、好乃には是非同行をお願いします」

目を輝かせた八雲が好乃に笑いかける。こうなってしまったら止めても無駄だということは、好乃もよく知っているし、正直、この展開は予測してもいた。

好乃は渋面のまま無言でうなずき、聞こえよがしに溜息《ためいき》を吐いた。

＊＊＊

翌日、八雲は好乃を伴って浅草を訪れた。

見世物小屋の集まった六区の路上では、真見が元気に錦絵《にしきえ》を売り歩いていたが、八雲に気付くときょとんと目を丸くした。

「異人さん？　それにお姉さんも……？　あの怖がりのお兄さんは？」

「己之吉さんは今日は大学なんですよ」

「へー、そうなんだ。まあ、あれがもう一回来ても別に役に立ちそうもないもんな。で、異人さんが何でここに？」

「決まっています。この目で貂鬼坊の力、確かめるためです」

八雲は親しげな笑みを浮かべて答えたが、それを聞くなり、真見は露骨に眉《まゆ》をひそめた。「もういいよ」と諦念《ていねん》の籠もった声が漏れる。

「そりゃ、おっ母のことは悔しいし、残念だけどさ……。でも、あいつは本物なんだろ？　だったらもう、どうしようもないだろ。巻き込んだのは悪かったけど、異人さんも関わらない方がいいぞ」

「御忠告ありがとうございます。ですが私、関わります。これ、誰かのため、違います。私が気になるから、それだけです。勿論《もちろん》、何か分かればお伝えします。真見、しばらくこのあたりにいますか？」

「いるよ。長屋に帰ってるかもしれないけど」

全く期待していない顔で真見はそう応じ、気をつけてな、と言い残して歩き去った。

その小さな後ろ姿を見送った後、八雲は好乃の案内で貂鬼坊の小屋へ向かった。

西洋風の見世物小屋が建ち並ぶ界隈《かいわい》を歩きながら、八雲が小声を発する。

「……好乃。手筈《てはず》、分かっていますね？」

「……ああ。姿を消して小屋の中まで同行すればいいんだろう」

抑えた声で好乃が応じる。

そのぶっきらぼうな物言いは、主人に対する女中の態度とは思えないものだったが、八雲は気分を害することもなく、首を縦に振った。

「そうです。透明なゴーストのボディガード――護衛、これ以上頼もしい存在、ありません。いざという時、お願いしますね」

「やれるだけのことはやるが……しかし、昨夜も言った通り、相手の素性も力も分かっていないことを忘れるな。奴の所業を見る限り、力任せに人を襲うようなことはないだろうが、私の存在に気付いたら、どういう行動に出るかは分からない」

「承知しています。楽しみですね」

好乃の警告を八雲があっさり受け流し、笑みを浮かべる。その横顔は期待と好奇心で輝いており、警戒心や不安は微塵《みじん》も感じられない。

こいつは本当に分かっているのか、と好乃は呆《あき》れた。


貂鬼坊の小屋の前には昨日同様の列ができていた。八雲はいそいそと列の最後尾に並び、姿を消した好乃はその傍に控えた。

やがて順番が回ってくると、八雲は小屋へ足を踏み入れた。当然好乃も後に続く。

己之吉が言っていた通り、小屋の中は暗く狭く、独特の香りの煙が充満していた。壁の代わりに吊《つ》り下げられた黒い布が四方を囲み、蠟燭《ろうそく》や線香の置かれた台を挟んで腰掛けが二つ置かれている。正面の席には、袈裟《けさ》のような漆黒の着物と尖《とが》った頭巾《ずきん》を身に着けた、壮年の男が座っていた。

狐狗狸庵貂鬼坊は、八雲を見ると、おや、と眉を上げた。

「次のお客は異人さんですか。日本語は――」

「大丈夫。私、日本語分かります」

「それは良かった。まあ、どうぞ」

貂鬼坊が座るように促し、八雲が一礼して腰を下ろす。その様子を八雲の後方から見ていた好乃は、思わず眉をひそめていた。

本当にこいつが……？　と、好乃の胸中に困惑の声が響く。

一体どんな化け物が出てくるのかと身構えていたのだが、目の前にいる貂鬼坊は、どう見てもただの人間だったのだ。

装いで神秘的な印象を与えようとしているものの、好乃の目にはどこにでもいそうな五十がらみの男性にしか見えず、妖気もまるで感じられない。

面食らった好乃が見据える先で、貂鬼坊は火の点《つ》いた蠟燭が載った燭台《しょくだい》を手に取って顔の前まで持ち上げ、それをゆっくり左右に振り始めた。暗闇の中で炎が振り子のようにゆらゆらと揺れ、八雲は黙ってそれを見つめている。

何をしている？　いきなり名前を言い当てるんじゃないのか……？

好乃は訝《いぶか》しんだが、その後、貂鬼坊はさらに意外な行動に出た。

しばらく蠟燭を揺らした後、貂鬼坊はそれを台に置き、堂々とこう尋ねたのだ。

「あんたの名前は？」

好乃はいっそう当惑した。真見や己之吉から聞いていた話とまるで違う。眉根《まゆね》を寄せた好乃の前で、八雲は数秒間沈黙していたが、やがて軽く首を傾げ、口を開いた。

「なぜ聞くのです？」

「へっ」

「あなた、相手の名前を見抜けるのではないですか？」

「な……！」

八雲に問い返された貂鬼坊がはっと大きく息を呑《の》む。青ざめ、震え始めた貂鬼坊の姿に、八雲は大仰に肩をすくめ、残念そうな声を発した。

「そうではないかとは思っていましたが……やはり、メスメリズムでしたか」

「め、めすめり……？」

「失敬。『催眠術』と言えば分かりますか？　あなたがやっているのはそれですね？しかも正式なものではありません。悪質なイカサマです」

八雲がはっきりと言い放った。

「催眠術」という言葉は好乃も知っていた。一応は科学的療法の一つでもあるらしいが、一般的な催眠術は見世物の一種だ。術師は無作為に選んだ――という建前になっているが、実際は事前の仕込みが多い――観客を被験者として壇上に上げ、暗示を掛けて、包み隠さず話してしまう状態にしたり、自分を何か別のものと思い込ませたりして、術師と被験者との問答を客に見せるという趣向の芸である。

「催眠術にはお決まりの道具立て、色々あります」と八雲は続ける。

「暗闇に揺れる炎や光、定番中の定番です。それに加えて、貂鬼坊、あなた、催眠作用のあるお香を使っていますね？　私、思うに、あなた客が座るなり催眠を掛け、本人しか知らないことを根掘り葉掘り聞き出します。その後、催眠を解いて、聞き出したばかりのことを並べます。お客、自分が催眠に掛けられていた間の記憶ありませんから、驚きますね。驚かせたらこっちのもの。後は、適当な助言をするだけ」

「な――何を抜かしやがる！　黙って聞いてりゃあベラベラと……！」

突然、貂鬼坊が声を荒らげた。黒い袈裟に頭巾という出《い》で立ちには似合わない、ガラの悪い口調だったが、おそらくこっちが素なのだろうと好乃は察した。全くたじろがない八雲に向かって貂鬼坊が凄《すご》む。

「大体、おかしいじゃねえか。もしてめえの言う通りだったら、何でてめえは催眠に掛かってねえんだ？」

「理由、あります。光や炎を用いた催眠は、立体視、つまり、二つの目で同時に見て初めて効果を発揮します。ですが私、左目見えません」

「え？　あっ――」

「ついでに言うと私、小屋に入った時、鼻に綿を詰めました。ですので、お香の効果、薄いですね」

八雲が大きな鷲鼻《わしばな》を撫《な》でてみせる。鼻に詰め物をしていたことは好乃も気付いていなかった。周到さに呆《あき》れる好乃が見守る先で、八雲はさらに貂鬼坊に問いかける。

「ところで貂鬼坊。あなた、イギリスかアメリカの滞在経験ありますね？」

「な、何でそれを……！」

貂鬼坊が目を見開く。どうやら八雲の言葉通りのようで、こうなってくるともう、どちらが易者か分からない。「まさか、向こうにいた頃の俺を知ってるのか？」と貂鬼坊が訝しみ、八雲がゆっくり首を横に振る。

「私とあなた、初対面です。ですが私、昔、アメリカのシンシナティで記者、していました。あの頃のアメリカ、スピリチュアリズム流行《はや》っていて、霊媒師や催眠術師、大勢いました。私、そういう人たち、たくさん取材して記事書きましたから、あなたと似た手口使った者も、私、知ってます。……もっとも、あなた、上手《うま》く考えたとは思います」

「……何だと？」

「あなた、『催眠術は客に見せるもの』という固定観念に縛られず、一対一の形式選びました。しかも、今では流行らない、日本風の装い選びました。舶来、西洋、言われると、お客、期待します。でも、もののけ、果心居士、こっくりさんを思わせる名前……いずれも時代遅れですから、皆、油断します。あなた、そこにつけ込みましたね？　目の付け所、悪くないです」

八雲はそう言って少し沈黙し、ぎろり、と貂鬼坊を睨《にら》みつけた。「ですが」と重たい声が響く。

「あなた、正しくありません。私の知る果心居士、あなたとまるで違います。あなた、恥を知るべきです。そして、現代の果心居士、名乗るの止めなさい！」

貂鬼坊をまっすぐ見据え、八雲がびしりと言い放つ。普段は温厚で物静かな八雲が本気で怒るところを、好乃は初めて見た。

叱りつけられた貂鬼坊は反射的にびくっと怯《おび》えたが、すぐに「うるせえ！」と叫びかえした。

「偉そうに説教しやがって、何様のつもりだ……！　おい！」

乱暴に立ち上がった貂鬼坊が呼びかけると、受付の男が布をめくって現れた。「どうした兄貴？」と尋ねる受付の男に、貂鬼坊が荒っぽい声で言い返す。

「この異人、俺のやり口を全部見抜きやがった！」

「な、何!?　えらいことじゃねえか！　どうするよ」

「どうするも何も、黙らせるしかねえだろうが……！　幸い、相手は目の悪いオヤジ一人だ！　口が利けなくなるまで痛めつけてやれ！　最悪、殺しても構わねえ！」

焦った貂鬼坊がまくし立て、弟分の受付の男が「おう！」と呼応して八雲の横に回り込む。

だが八雲は、興奮したガラの悪い男二人に囲まれたというのに一切動じることなく、ただ振り返り、よろしく、と言いたげにうなずいた。

その不可解な動作に男たちは怪訝《けげん》そうに眉根を寄せ、好乃は「私はそこにいないんだが……」と呆《あき》れていた。八雲の背後に控えていた好乃は、貂鬼坊が立ち上がった時点で、貂鬼坊の隣へ移動していたのだ。

やれやれと好乃は嘆息し、凄む男たちを見回した。

この人間たちに恨みはないし、八雲の命令通りに動くのも癪《しゃく》だが、妖怪《ようかい》の名を騙《かた》られたことへの怒りは、好乃の中にも確かにあった。

幸い、貂鬼坊もその弟分も好乃には全く気付いておらず、興奮状態で、しかもここは暗く、暗示に掛かりやすくする煙まで漂っている。

さあ化かせと言わんばかりの状況に好乃は苦笑し、そして、軽く息を吸った。

＊＊＊

その少し後、貂鬼坊の小屋から野太い悲鳴が二つ重なって轟《とどろ》いたかと思うと、二人の男が飛び出してきた。貉鬼坊とその弟分である。

「大水だあ！」「溺《おぼ》れちまう！」と泣き叫びながら駆け出してきた貉鬼坊たちは、まるで見えない誰かに謝るように「自分たちが悪かった」「もう人を騙《だま》すことはしない」などと口走りながら、どこかへ走っていってしまった。

八雲の後に並んでいた客たちや、周辺に居合わせた呼び込みたちは、何が起きたか理解できないまま、ぽかんとした顔で二人を見送ることしかできなかった。

貉鬼坊らが怯えた大水は、好乃が先日の果心居士の話を参考にして創り出した幻覚だったのだが、そのことを知っているのは好乃と八雲の二人だけだった。

主《あるじ》を失った小屋を後にした二人は、裏長屋の自宅に帰っていた真見のところを訪れ、事の顚末《てんまつ》を語って聞かせた。

もっとも、好乃が幻で脅したことまで話すわけにはいかないので、八雲は「心を惑わせるお香を使いすぎたため、幻覚を見てしまったのでしょう。自業自得です」と説明した。それを聞いた真見は、まず驚き、次いで八雲に感謝し、さらに貉鬼坊の失脚を母の位牌《いはい》に報告した上で、八雲たちに向き直った。

「それにしても、西洋でもそういうイカサマってあるんだな」

「イカサマやインチキ、どこの国にもあります。特に、スピリチュアリズムが流行ってから増えました」

「すぴりちゅありずむ……？　何だそれ。お姉さん、知ってる？」

「いえ、私も初耳です」

あぐらをかいた真見に尋ねられ、好乃は首を横に振った。その言葉自体はさっき姿を消した時にも聞いたが、あの時は意味を尋ねることができなかった。しっかりと正座した八雲が「スピリチュアリズムとは」と口を開く。

「日本語で言うと、『心霊主義』ですね。霊が実在するという考え方と、それに基づいた様々な研究や実践活動のことを言います」

「霊って、幽霊とか亡霊の霊……？　西洋の人、そういうの信じてるのか？」

「真見が驚くのも分かりますが、霊を信じる人は……いえ、近年になって信じるようになった人は、かなり多いのです。そもそものきっかけは五十年ほど前、一八四八年のこと……。アメリカのニューヨークのハイズビルで、フォックスという家の娘たちが、霊と交流できると主張したことでした。いわゆるハイズビル事件です」

フォックス家の姉妹の告白は一躍話題になり、それによって降霊や霊媒がブームとなったのだ、と八雲は語った。

八雲（ハーン）は一八七四年からシンシナティで新聞記者を務めていたが、この時期のシンシナティはニューヨークに次いでセアンス（降霊会）が盛んな土地だった。多い時期には毎晩六十回前後もの降霊会が営まれており、ハーンはそれらを積極的に取材して記事にしていたという。

こうして興った心霊主義は一八五〇年代には海を渡ってイギリスへと広がり、「シャーロック・ホームズ」シリーズで知られる作家コナン・ドイルを始めとした文化人を巻き込んで、ヨーロッパ全土へと拡散していった。一八八二年には、心霊を学問の一分野として位置付ける研究者らによって英国心霊研究協会（SPR）も発足、霊媒による交霊は上流階級の嗜《たしな》みとして定着した。

「今の日本では、催眠術、独立した見世物であり、科学的な療法として知られていますが、これを発展させたのも心霊主義者たちです。催眠術の施術中、被験者が不思議な現象を見せること、ままありました。透視、予知、そして霊との交信……。それに気付いた心霊主義者たちは、見えない世界と交信するため、催眠術、発展させたのです。かくして、催眠術の広がりとともに、心霊主義は西洋世界を席巻するに至ったのです。……もっとも、その大半はトリックだったわけですが」

「トリックって？　徳利《とつくり》みたいなものか？」

「イカサマのことです、真見。自称霊能者たちは、仕掛けや第三者を利用して霊がいると見せかけたり、危険な薬物を用いて幻覚を見せたり、そういう手口、使っていたのです。全ての始まりとなったハイズビル事件のフォックス姉妹も、後に、自分たちがやってみせた降霊は、全て仕掛けによるものだった、告白しています」

「そうなんだ？　じゃあ西洋では、そのスピリチュアなんとかは廃れたのか」

「……いいえ。そうはなりませんでした。いくらイカサマが暴かれようと、人々は霊の実在を信じ、霊との交流を求めたのです」

「え？　そうなのか？　普通逆だろ？」

「ですね。単純と言うか、頑固と言うか」

真見と好乃が意外そうな顔を見合わせる。それを見た八雲は肩をすくめて嘆息し、複雑な心境を窺《うかが》わせる微笑みを浮かべた。

「愚かしい話、思います。ですが私、心霊主義者たちの気持ち、少し分かるのです。……実は私、記者だった頃、降霊会で父の霊と話したこと、あります」

「え。異人さんのおっ父と？」

「はい。私の父、私が幼い頃に母と私、捨てました。父の霊、私を幼い頃の名で呼び、ひどい仕打ちをしてしまったと詫《わ》びました。私、そのこと、新聞に書きました」

「それは……本当に、本物のお父様だったのでしょうか？」

「好乃の疑問、もっともです。……ですが、あれ、トリックだったのか、本物だったのか、いまだに分かりません。私、分かりたいとも思わないのです。結局、人は、どこまで行っても、超自然的なものの実在を信じてしまう……いいえ、信じたいと思ってしまう生き物なのでしょう」

「信じたいと思ってしまう……。そういう願望があるということですか」

「そうです、好乃。西洋流の物質文明、確かに素晴らしいです。ですが、それ一辺倒では、人は息が詰まってしまいます。貂鬼坊、西洋で齧《かじ》った催眠術を悪用していたようですが、人が不思議なものを本能的に好んでしまう以上、この国でも、ああいう手合いは増えていくでしょう」

八雲はそう言って再び溜息《ためいき》を落とし、何ともやるせなさそうに頭《かぶり》を振った。

八雲が語った通り、明治二十年代の日本でも催眠術を悪用する者は多かった。日本に伝わったばかりの催眠術は、一種の科学として扱われていたことから教育者や軍人の支持を受けていたが、やがて犯罪に転用する者や、胡散臭《うさんくさ》い自称催眠術師などが跋《ばっ》扈《こ》し始めたため、催眠術という分野そのものが白眼視されるようになり、明治三十年頃からその人気は急速に失墜することとなる。

八雲の語りを聞き終えた真見は、話を呑《の》み込むのに時間を擁したのか、少し黙り込んだ後、「難しいことはよく分かんないけど」と八雲たちを見上げた。

「でも、これで、貂鬼坊は完全に懲らしめられたんだよな？」

「そうですね。少なくとも、彼らはもう、同じ手口で稼ごうとはしないでしょう」

「だよな！　だったら、これにて一件落着ってやつだよな」

「一件落着……ですか」

真見の言葉を好乃は思わず繰り返していた。

確かに、貂鬼坊の手口は八雲が見抜いた通りではあるのだろう。

だが、だったら、あの時小屋の前で感じた妖気《ようき》は何だったのだ……？

無言で考え込む好乃だったが、その時、好乃の頭の中に、自分ではない誰かの声が響いた。

――おやおや。まだ気付かないのかい？

さっぱりした女性を思わせる声が好乃の心に直接話しかけ、同時に、あの時感じた妖気が周囲で渦巻き始める。

驚いた好乃は立ち上がってあたりを見回し、そして、ある一点で目を留めた。

「まさか……！」

戸惑う声が自然と漏れる。

信じられないが、濃密な妖気は、確かにそこから――その人物から――生じていた。

愕然《がくぜん》とする好乃を、妖気の発生源である人物は――真見は――無邪気な表情で見返し、にたりと笑みを浮かべてみせた。

「やっと気づいてくれたのかい？　遅いよ、お姉さん」

あぐらをかいていた真見がにやつきながら腰を上げる。無邪気で元気な女児とは思えない、貫禄《かんろく》に満ちた態度で、真見は大仰に呆《あき》れてみせた。

「久しぶりの同族だから、積もる話もしたくって、気配を匂わせてみたのにさ。全然気付いてくれないんだもんなあ」

「同族？　ということは、真見はゴースト──妖怪《ようかい》なのですか⁉」

驚いた八雲が好乃と真見を見回して問う。好乃はその質問を無視し、対面の真見をまっすぐ見据えて口を開いた。

「お前、正気か⁉　人間の前で素性を明かすなんて──」

「堅いなあ。お姉さんはもうこの異人さんに正体を明かしてるんだろ？　だったら一人も二人も同じじゃないか。それに、異人さんには、利用させてもらった恩もあるしね。これくらいはご褒美さ」

「利用……？　真見、あなた、私、利用したですか……？」

「まあね。あたしだって、貂鬼坊のやつがイカサマを使ってるのは分かってた。馬鹿な人間がどれだけ騙《だま》されようと知ったこっちゃないけどさ、狐狸だとか貂《てん》だとか、お仲間の名前を騙《かた》られるのは気に食わないだろ？　どうしたものかと思っていたら、お化けのことを聞き回ってる変な異人さんが市谷にお住まいで、そこには物好きな同族もいるってことを小耳に挟んだものでねえ。ちょっと使わせてもらったのさ。正直、役に立つかどうか怪しいもんだと思ってたけど……いやはや、よくやってくれたよ、異人さん。おかげで気持ち良く向こう側に帰れるってもんだ」

「向こう側に帰る？　あなた、どこかに去るですか？　ゴーストの世界？　ということは、ゴーストは元々、ここととは別の世界の住人なのですか？」

右の目を見開いた八雲が口早に質問を重ねていく。その興奮した面持ちを見返した真見は「知りたがりだねえ」と苦笑し、芝居がかった仕草で両手を広げた。

「あたしたちの世界はね、この世界ではあるけれど、この世界ではないんだよ。どう言えばいいかねえ……。ほら、瞬きをしない人間はいないだろ？　あたしたちは言わば、その瞬く間の闇に住んでるんだ。人が知らないだけで、そこには時も流れ、水も流れ、風も吹くし星も巡るけれど、ただ煩わしい人間のみが存在しない。だから、こちら側でのあたしたちは、確固たる実体を持たない幻のような存在なのさ」

「おお……。詩的ですね」

「それは褒めてくれてるのかい？　ともかく、あたしはそこへ帰るんだ。この国の在りようは、いよいよあたしたちの好みから外れてきちまったし、これからもっと住みづらくなりそうだからね。と言うかお姉さん——好乃とか言ったっけ？　あんたの一族やお仲間は、あらかたあっちに引っ込んだはずだろ？　お前さんみたいな若い子が、一人でこんなところで何してるのさ。お仲間が心配してるんじゃないのかい？」

「う、うるさい！　これは私の意地の問題だ……！　大体、お前は何を考えている？　人間相手に身内の事情をべらべらと——」

「いいじゃないか、減るもんじゃなし。さて、と」

激昂《げきこう》する好乃を真見は笑顔で受け流し、部屋の隅に束ねてあった錦絵《にしきえ》の一枚を手に取った。先日八雲が買い付けた中にもあった、鉄道と機関車が描かれたものである。

「せっかくだからね。最後に芸を一つお見せいたしましょう」

そう言って上品に微笑んだ真見は、何もない中空にその錦絵を貼り付けて固定し、パチン、と指を鳴らした。

瞬間、絵の中の汽車が動いた。

ピイ……！　と甲高い汽笛が鳴り響き、煙突が吐き出した煙が絵から溢《あふ》れてあたりに満ちる。

さらに動輪が音を立てて回り始めたかと思うと、汽車は錦絵の枠から飛び出して、一同の目の前に停車した。

啞然《あぜん》とする好乃と八雲の前で、真見が軽やかに客車に飛び乗る。

「じゃあね、お二方。……それと、あの面倒くさいお兄さん――己之吉さんにもよろしく。あれは馬鹿だけど、いいやつだったからね」

にこやかに笑った真見が、別れを告げるように軽く手を振る。

と、それを合図に汽車は再び走り出し、絵の中へと戻ったかと思うと、そのまま遠くへ走り去った。

汽車が消えるのと同時に、宙に浮いていた錦絵がひらりと舞い落ちる。

八雲が慌ててその絵を拾い上げると、絵の中に描かれているのは鉄道だけで、汽車はどこにも見当たらなかった。それを見るなり八雲は絶句し、唸《うな》った。

「果心居士……！」

「果心居士？　どういうことだ？」

「先日、果心居士の話をしたの覚えてますか？　あの時は真見が飽きてしまったので最後まで話せませんでしたが、果心居士は、光秀らが見守る中、琵琶湖と舟を描いた屛風《びょうぶ》から、大水とともに一艘《そう》の舟を呼び出すのです……。居士はそれに乗って屛風の絵の中に去っていきます。やがて舟が遠ざかって見えなくなると、あたりを埋め尽くしていた水は消え、後に残ったのは、舟が消え失《う》せた絵だけ。その後、果心居士の姿を見た者、誰もいない……」

「そういう話だったのか……。おい！　見ろ！」

八雲の話に感じ入った後、好乃はあたりを見回し、叫んだ。

狭い長屋にいたはずの二人は、今、枯草が揺れる寂しい草原に立っていた。

真見が暮らしていた裏長屋も、その周辺の小屋やあばら家も、一帯の住民たちも、全てが消え失せてしまっており、残っているのは汽車の消えた錦絵だけだ。

「長屋も全て幻だった、いうことですか……」

「だろうな」

冷や汗の浮いた顔で好乃はうなずき、ぶるっと体を震わせた。

全く不自然さを感じさせない大規模で永続的な幻術も、絵という現実に痕跡《こんせき》を残す術も、相当に格の高い妖怪にしかできない──今の好乃には不可能な──芸当だ。

真見はおそらく年を経た狐狸《こり》の精なのだろうが、自分は完全に手玉に取られてしまっていた。

自分の至らなさを痛感する好乃だったが、そこに八雲がおずおず話しかけた。

「ところで、真見の……ああ、真見を名乗っていた彼女の話、本当ですか？　好乃の仲間、既にこちらの世界にいない、あなたは若い、という」

「……ああ。そうだ」

短い間を挟んだ後、好乃はぼそりと声を発した。隠していたことではあるが、知られてしまった以上は取り繕っても仕方ない。好乃は八雲から目を逸《そ》らし、顔を赤く染め、絞り出すように言葉を発した。

「……そこらの人間に比べれば長く生きてはいるが、私は一族の中では未熟な若輩者だ。仲間を代表して来たというのも嘘だ。むしろ、仲間は私を止めた。もうこちらの世界とは縁を切るのだから、人間になどかかわらなくてもいいだろう、と」

「そうだったですか……。では、なぜ、好乃は私のところへ？」

「さっき言ったのを聞いていただろうが。意地だ。私は、お前が、私たちから盗んだものを悪用しないよう見張るために来た」

「ですから、それ、何のことです？ 私、何を盗んだですか？」

「くどい！ 言えないと言っただろう！」

好乃が声を荒らげ、八雲の言葉を強引に遮る。

八雲は大きく眉《まゆ》をひそめたが、ぶるぶると震え続ける好乃の姿を見返すと薄く苦笑し、汽車の消えた錦絵を大事そうに丸めながら、穏やかな口調で語りかけた。

「とりあえず帰りましょう。己之吉にこのことをどう説明するか、一緒に考えてください。彼、真見のことを気に掛けていましたからね」

《コラム③　「果心居士の話」とスピリチュアリズム》

「果心居士の話」は「日本雑記」（一九〇一年）に収録された中編。不思議な力を持ち、何度殺されても死なない老仙人・果心居士が、当時の権力者である織田信長や明智光秀らを翻弄《ほんろう》した後、屏風に描かれた絵の中に消えていくまでを描く。原話の出典は「夜窗鬼談」（一八九三年）だが、八雲にしては珍しく、ほぼ元の話のまま再話している。

西洋文化と近代科学がもてはやされた明治期にあって、果心居士のような幻術使いは前時代的な迷信とされたが、逆に心霊学や催眠術は近代的な科学の一分野として受け止められ、広く知られるようになった。これらの人気が明治三十年頃に一旦《いったん》失墜したのは本文で記したとおりだが、明治三十年代後半になると、明治維新の当事者たちを親に持つ明治第二世代、いわゆる「煩悶《はんもん》の時代」の若者たちのコンプレックスや、物質中心主義・実利主義批判運動などと連動する形で、催眠術は再び脚光を浴びることとなった。その後、大正《たいしょう》時代には千里眼（いわゆる超能力）のブームが到来し、さらに戦後においても霊力や超能力が忘れ去られることはなかった。不思議な力の持ち主を探し求め、時には崇《あが》めようとする動きは現代においてもなお生き続けていると言える。

第四話　幻の少年――「茶碗《ちゃわん》の中」より

関内《せきない》といふ者水を飲けるが、茶碗の中に最麗《いと》しき若年の顔うつりしかばいぶせくおもひ、水をすてゝ又汲に顔の見えしかば、是非なく飲てし。其夜、関内が部屋へ若衆来り。昼ハ初て逢まいらせつ式部《しきぶ》平内《へいない》といふ者也。関内おとろき、全く我ハ覚え侍らず、扨表《さて》の門をハ何として通り来れるぞや、不審《いぶかし》き物なり、人にハあらじとおもひ、抜うちに切ければ逃出たりしを厳しく追かくるに、隣の境まで行て見うしなひし。

（「新著聞集」巻五第十奇怪篇「茶店の水碗若年の面を現す」より。なお、引用に際して句読点を補った）

朝夕だけでなく日中もめっきり冷え込むようになって、皆が冬の訪れを実感し始めた頃、市谷の八雲邸に書生が一人増えた。

大久保《おおく》弓蔵《ぼきゆうぞう》という青年である。

市谷の陸軍士官学校に通う士官候補生である弓蔵は、学校から近い下宿先を探しており、そのことを知人から聞いた八雲が、自宅に来てはどうかと声を掛けたのだ。

弓蔵は軍人志望だけあって、長身で骨太で筋肉質という立派な体格で、強い眼力や太い眉とも相まって「偉丈夫」という言葉を体現したような外観をしていた。

剣道場に足しげく通う武人でもある弓蔵は、その性格も見た目の印象通りで、勇ましく硬派な若者であった。目上の男性に対しては特に礼儀正しく振る舞うため、八雲は彼の誠実さを賞賛したが、割を食ったのは弓蔵と同室で起居することになった己之吉だった。

「休みの日の朝から何を読んでいるかと思えば、色恋の話だと？」

二階の書生部屋の窓から弓蔵の呆《あき》れた声が響く。裏庭で洗濯物を干していた好乃は、その声に、また始まったか……と二階を一瞥《いちべつ》した。

弓蔵による己之吉への説教はもう日課のようなものなので、いちいち反応する気にもならない。好乃は黙々と作業を続け、その間にも弓蔵は苦言を重ねた。

「己之吉、お主は一体何を考えて生きているのだ？　昼日中からそんなものに耽溺《たんでき》するなど、それが男子のすることか！」

「いや、これは大学の課題で……。と言うか、坪内逍遥《つぼうちしょうよう》先生が訳したシェイクスピアをそんな悪し様に言わなくてもいいだろうに。恋愛は文学の立派な主題の一つで」

「恋愛など軟弱者のすることだ。全くいかがわしい！」

「いかがわしいって……しかし弓蔵、君もいつか誰かと結ばれるわけだろう？」

己之吉はおずおずと言い返したが、弓蔵は即座に「馬鹿馬鹿しい」と切り返した。

「結婚というのは、然《しか》るべき時に家同士が決めることだ。当人が口を出すなど、女々しいにも程がある！　男子たる者、そんな暇があるなら鍛錬に費やすべきだ！　拙者は今から道場に行くが、お主も来ないか？　剣道はいいぞ。心身共に鍛えられる」

「だから何度も断っただろうが……。ああいう荒っぽいのはどうも苦手なんだ。僕は根っからの百姓だからな、鎌や鍬《くわ》の方が性に合っている」

「剣と農具を一緒にするやつがあるか。鎌や鍬で戦えるとでも？」

「いやいや、鍬もあれで意外と危ないぞ？　うちの祖父の従兄弟《いとこ》の熊八《くまはち》が、春の田起こしの時、雪に押されて固まった土を崩そうとして思いっきり鍬を振ったら、鍬の先がすっぽ抜けて、熊八はそれが頭に当たって亡くなったそうだ。百姓仕事はあれで意外と危険が多くて」

「そういう話をしているのではない！　男子たる者、いざという時のために家と国に尽くせるようにだな、常日頃から――」

弓蔵が声を張り上げると己之吉の声はあっけなく途絶え、そこからは弓蔵の苦言が延々と続く。

今日の己之吉は珍しく反論を試みたようだが、結局押し負けてしまったらしい。まあ、無理もないな、と好乃は思った。弓蔵と己之吉では、気の強さも声の張りも見た目の迫力も、何もかもがまるで違う。

あの人間も災難だな、と苦笑しながら、好乃は淡々と洗濯物を干した。


その後、弓蔵は竹刀や胴着を携えて剣道の稽古《けいこ》に出向き、少し間を置いて、げっそりした顔の己之吉が裏庭に現れた。

庭の落ち葉を掃き集めていた好乃が「今日もお疲れ様です」と労《ねぎら》うと、己之吉は「また聞かれていたか」と頭を掻《か》き、縁側に腰掛けて溜息《ためいき》を落とした。

「住まわせてもらっている身でこんなことを言うのも失礼だが……あいつはやはり苦手だなあ。僕の情けなさを詰《なじ》るのは構わないとして」

「そこは構わないのですか？　むしろ普通の殿方はそこで怒るのでは……」

「僕が立派な男じゃないことは自分でも分かっているからなあ。何せ、弓蔵当人のいないところで、こうやって好乃さんに愚痴るような男だぞ？　男らしくないにも程がある」

己之吉が自嘲《じちょう》する。こいつ、そういう自覚はあるんだな……と好乃が思っていると、己之吉は眉根《まゆね》を寄せて「しかし」と続けた。

「恋や愛を扱った文学を真っ向から否定するのはいかがなものか。人が人を好きになるのは極めて自然なことだと僕は思うし、文学者がそれを取り上げるのもまた自然なことだろう？　文学とは人間を描くものなのだから」

「それはそうなのかもしれませんね」

熊手を動かしながら好乃は適当に相槌《あいづち》を打った。好乃は人間ではないため、人同士の恋愛感情を実感することはできないが、知識としては理解している。

そうなんだよ、と己之吉がうなずく。

「それに、あいつは怪談も否定するからなあ。昨夜も、お化けなんかいるはずがないだの、あんなものは非科学的で前時代的で無価値で有害な迷信だのと……。よりによって小泉八雲先生の家でそれを言うか？　万一、家主の先生の耳に入ったら」

「そのことなら知っていますよ」

己之吉の語りに、ふいに穏やかな声が割り込んだ。

「先生⁉」と驚く己之吉と好乃が向き直った先、縁側の角の向こうから、八雲がぬっと現れる。着物の上に綿入れを羽織った姿の八雲は、「二人、話しているの聞こえたので、邪魔しないよう待っていました」と微笑み、己之吉の隣に腰を下ろして自分の耳を指差した。

「私、『耳の人』ですからね。弓蔵の声はよく通りますし、それに、あなたたち書生の部屋、私の書斎の上です。夜に書き物をしていると、よく聞こえます」

「そ、そうだったとは……。やはり、気分を害されましたか？」

「いいえ」

己之吉に心配そうに問いかけられ、八雲はきっぱりと首を横に振った。

「お化け──ゴーストは、無価値な迷信である。それ言うの、弓蔵だけではありません。日本の常識、当たり前で、弓蔵は極めて普通の若者です。私、気にしません」

「そうですか……」

「そうです。それに、己之吉、今話していました、弓蔵が恋愛文学を理解しないという話題……。そちらもまた、今の一般的な考え方です。大学で、なぜ西洋の小説はこんなに恋愛を扱うか理解できない、質問されたこと、好乃には前に話しましたね？大学で教えていると、これ、日常茶飯事です。いちいち嫌な気分なっていたら、教えることできません」

そう言って八雲は整然と手入れされた庭へ目をやり、含みのある微笑を浮かべた。

「日本の学生、優秀です。高度な論理学や心理学も理解します。……ただ、西洋の自由恋愛が分からない者、とても多い。なので、教えるの難しいです」

「学生である僕が聞くのも何ですが、それはどうしてなのでしょう……？　確かに西洋とこちらとでは文化は違いますが、先生が紹介されるような文学に描かれているのは、普遍的な感情だと思うのですけれど」

「その原因、常識の違いです。日本では、結婚に当人の気持ち関係ありません。全て親同士、家同士が決め、お膳立《ぜんだ》ても親がします。顔も知らない相手と結婚する、当たり前です。当人関わる余地ありません。また、日本では伝統的に、男子、一人立ちしません。結婚しても家に残り、親を敬いながら家を守る……。これが何よりの美徳、されますね？　対して西洋では、年頃になったら家を出て、パートナー見つけて、自分の家庭を築く、一般的です。どちらが正しい、分かりませんが、まるで価値観違う、確かです。……違う文化を理解させる、難しいです」

穏やかな笑みを浮かべたまま、八雲は軽く頭《かぶり》を振った。西洋文学担当の講師としての苦労を感じさせる語りに、己之吉が「なるほど……」と感じ入る。

一方、好乃は、家の維持を重んじる考え方は元々は一部の武士だけのものであったこと、それが全階級に波及したのは明治維新で薩長《さっちょう》の武士たちが権力を握って以降なので、別に伝統でもないことを知っていたが、言わないでおいた。

「ということは」と好乃が尋ねる。

「日本で育ちながら西洋文学を理解できる己之吉さんは、とても柔軟な方ということですか？」

「え？　いや、僕は、そんな大したものではないと思うのですが――」

「己之吉、謙遜《けんそん》する必要ありません。他の文化理解できる、どこかの誰かに共感できる、それ、人として立派な資質です」

「あ、ありがとうございます……」

「どういたしまして、です。……後は、自分の正しいと思うこと、しっかり主張できるようなる、いいですね」

照れる己之吉に八雲が向き直って笑いかける。さらに八雲が「相手が弓蔵でも」と言い足すと、赤らんでいた己之吉の顔は一瞬で曇った。

ついさっきまで説教されていたことを思い出したのだろう、肩を落としてうつむきながら「頑張ってみます……」と己之吉がつぶやく。その弱々しい姿に、八雲と好乃は「これは無理だろうな」と言いたげな顔を見合わせた。

＊＊＊

弓蔵の様子がおかしくなったのは、それから少し経った頃のことだった。

持ち前の堂々とした言動が鳴りをひそめ、常にそわそわと落ち着かない様子で、日課だった己之吉への苦言も勢いを欠くようになった。

特に異様だったのは、飲食時の振る舞いだった。

茶や水や汁物を飲む時に、弓蔵は必ずと言っていいほどびくりと怯《おび》え、その後、目を閉じてぐいっと飲み干すのである。

弓蔵は剣道の稽古や士官学校の後、外で食事を済ませてくることも多かったが、朝は八雲邸で食べるので、その異変には八雲たちは皆気付いていた。

八雲が「具合が悪いのか、あるいは何か心配事でもあるのか」と尋ねたところ、弓蔵は「鍛錬のし過ぎで体調が優れないだけです」とそっけなく答えたが、それが嘘であるのは一目瞭然《いちもくりようぜん》だった。

そんなある日、剣道の道場に出かけたばかりの弓蔵が真っ青になって震えながら帰宅した。

明らかに尋常ではない様子の弓蔵を、八雲はまず自室に戻して休ませ、ある程度落ち着いたのを見計らって、ゆっくりと話しかけた。

「弓蔵。何があったですか？」

「何もございません。ただ、拙者の体調管理がなっていなかっただけで……」

「嘘いけません。ここしばらくあなたの様子、とても変です。ママさん——妻も、ここにいる己之吉や好乃も、幼い一雄でさえも、皆、気付いています」

八雲はそう言って傍らの己之吉と好乃を一瞥《いちべつ》し、背を丸めて座り込む弓蔵に向き直って続けた。

「手遅れになってしまったら、あなたを預かっている年長者として、知らなかったで済ませること、できません。これ、私の責任にもかかわる問題です。話してください」

穏やかながら強い語調で八雲が諭す。そう言われてしまうと言い繕うこともできないのだろう、弓蔵は押し黙り、ややあって、うつむいたまま声を発した。

「……最近、茶碗《ちゃわん》の中に顔が浮かぶのです」

「茶碗の中に？　それは、お茶や水を飲む時、その水面に、ということですか？」

「そうです。いや、自分の顔ではありません。あやつの——知らない誰かの顔が浮かぶのです……！」

水やお茶を飲もうとすると、必ず水面にその顔が浮かび上がってくるのです、と弓蔵は語った。

その顔は、目がくりっとした年若い少年のように見え、愛嬌《あいきょう》のある顔立ちではあるが、誰なのかまるで心当たりがない。しかも碗の中身を入れ替えても同じことが起こるので、仕方なく目をつぶって飲み干すしかないのだという。

「それだけならまだしも……あやつは、茶碗の中の幻の顔のあやつは、拙者の行く先に度々現れるのです……！　士官学校や剣道場への行き帰り、道中ですれ違うことが何度もありました。あやつは拙者を付け狙い、行くところに先回りしているのかもしれません」

「ふうむ……。それ、茶碗に浮かぶ幻と、本当に同じ人物ですか？　他人の空似ではないですか？」

「違います……！　家長たる先生に盾突くのは申し訳ないとは思いますが、しかし、あやつの顔は間違いなく、茶碗に浮かんだものと同じです……！　町人風の装いで、背は低く、何をするでも言うでもなく、こちらに薄く笑いかけて通り過ぎていくだけなのですが……それがかえって気味が悪くて」

「何とも不気味な話だな……。そんなことがあったなら、体調も悪くなるわけだ」

しみじみと共感したのは己之吉だ。いつも詰《なじ》っている相手に同情されたのが屈辱だったのか、弓蔵は悔しそうに己之吉を見返したが、八雲が「それだけですか？　まだ何かあったのでは？」と問うと、素直に首を縦に振った。

「……は、はい。実は、つい先ほども、あやつに道場の前で出くわしまして……そこで拙者は、意を決して話しかけてみたのです。お前は誰だ、拙者のことを知っているのか、と。こちらが忘れているだけで面識があったのかもしれませんから」

「賢明な行動ですね。すると、どうなりましたか？」

「あやつは、不思議そうな顔をして、『松原小四郎《まつばらこしろう》』と名乗りました。まるで知らない名前です。にもかかわらず奴は、不気味に笑い、拙者のことを知っているといったのです……！　それを聞くなり拙者はぞっとして――」

弓蔵はそこで語尾を濁し、視線を下げて黙り込んだ。怖くなって逃げ出してしまったことを、黙って聞いていた好乃は察した。己之吉が眉根《まゆね》を寄せて腕を組む。

「ふうむ……。不気味だが、それ以上に不可解な話だな。水面に謎の人物の顔が浮かび、そいつは近所に実在していて、こっちはそいつを知らないのに、向こうはこっちを知っている……。どういう理屈が付けばそんなことが起こるんだ？　幽霊だのお化けだのの方がまだ理解できる」

「理屈を聞きたいのは拙者の方だ！　分からないから気味が悪いんだろうが……！　もう、頭がどうにかなりそうだ……！」

嚙《か》みつくように己之吉に反論した弓蔵がガリガリと頭を搔《か》きむしる。士官学校に通う勇ましい偉丈夫とは思えない憔悴《しょうすい》ぶりに、己之吉は痛ましそうに眉をひそめた。八雲が傍らの好乃に顔を向けて尋ねる。

「好乃、どう思いましたか？　これと似たケース──事例、知っていますか？」

「そうですね……。『水面に自分以外の誰かの顔が映る』という部分だけに関してなら、大きな湖や山を挟んで暮らす恋人同士が、そうやって思い人の顔を水面に見て寂しさを紛らわせたという昔話は知っています。ですが、今伺ったように、まるで知らない相手というのは初耳ですね」

ここで嘘を吐いても仕方ないと好乃は思ったので、素直に答えることにした。さらに好乃が「八雲先生はご存じないのですか？」と問い返すと、八雲はほんの少しだけ思案し、軽くうなずいて口を開いた。

「似ていると言えば似ている話、一つ、知ってます。『新著聞集』という十八世紀の本に載っていたものですが、奇妙な話だったので、覚えています」

そう前置きした上で八雲が語ったのは、関内《せきない》某という武士が経験した不思議な出来事についての話だった。

ある時、関内が茶を飲もうとしたところ、茶碗の中に、見たこともない麗しい若者の顔が浮かんだ。気味悪く感じた関内は茶を捨てて中身を入れ替えてみたが、何度繰り返しても茶碗の中に若者の顔は浮かび続けたので、関内はとうとうそれを飲んでしまう。

その時は何もなかったが、やがて夜が更けると、式部《しきぶ》平内《へいない》と名乗る若い侍が関内のところを訪ねてきた。

「式部は関内に向かって、『昼に会いましたね』と告げました。それを聞いた関内はぞおっと怯え――」

「待ってください先生。その式部というのは、昼間、茶碗の中に浮かんだ顔の人物なのですか？」

弓蔵が八雲の語りを遮って問いかける。他人事《ひとごと》とは思えないのか、青い顔で身を乗り出す弓蔵に見据えられ、八雲は「おそらく」とうなずいた。

「確か、本文では明言されていませんでしたが、関内の反応からすると、そういうことでしょう。さて、式部を前にした関内は怯えます。何しろ、この式部は、素性はおろか、どうやって屋敷に入ってきたのかも分からない。怪しんだ関内が刀を抜いて斬りつけると、式部は逃げ出しました」

関内は逃げる式部を追うが、隣家との境のあたりで見失ってしまう。その話を関内から聞いた人々は、不思議なことだと語り合ったが、この一件はこれでは終わらなかった。

翌日、式部の使いと名乗る見知らぬ武士が三人、関内を訪ねてきたのだ。

三人は関内が式部に斬りつけたことを口々に責め、「式部は傷の養生に湯治に行ったが、来たる十六日には戻ってきて怨《うら》みを果たす」とも告げた。

「怪しんだ関内が斬りかかると三人は逃げ、昨日、式部が姿を消したあたりで、高く飛び上がりました。関内は、三人を見失って……この話、それでおしまいです」

「え？ そこで終わりなのですか？」

面食らった声を発したのは己之吉だった。同じ疑問を抱いたのだろう、弓蔵が続いて問いかける。

「式部という若侍が復讐《ふくしゅう》にやって来るのでは？ 式部の使いを名乗った三人はそう予告したのですよね？」

「三人も式部も、それきり来なかったそうです。そう書いてありました」

「そ、そうですか……。ですが、そもそも、茶碗の中に式部の顔が浮かんだのはなぜなんです？」

「分かりません。私、ただこういう話があると知っていたので紹介しただけです」

身を乗り出して問いを重ねる弓蔵の前で八雲が首を横に振る。

八雲にそう言われてしまうと反論のしようもなかったのか、弓蔵は納得しがたい表情のまま「そうですか……」と繰り返し、暗い顔を伏せた。

不可解な怪談を語った後、八雲は弓蔵に少し横になって休むように言い、書生部屋から立ち去ったので、己之吉と好乃もそれに続いた。

好乃は、怪談好きの八雲のことだから、今回も茶碗《ちゃわん》の中の幻影の謎を調べるものと思っていたのだが、八雲はこの件には興味がないのか、「講義の準備があるので」と書斎に籠《こ》もってしまった。

一方、己之吉はずっと神妙な様子で何かを考え込んでいた。いかにも相談に乗ってほしそうに見えたので、好乃が何を悩んでいるのか尋ねてみたところ、己之吉は眉をひそめたまま応じた。

「うん。弓蔵を悩ませている茶碗の中に浮かぶ顔……弓蔵には松原小四郎と名乗ったそうだが、その少年のことを探ってみようと思うんだ。と言うか、てっきり先生が調べようとされるものかと思っていたんだが」

「あっ、それは私もです。珍しいこともあるものですよね……。ですけど、どうして己之吉さんがお調べに？　やはり、真相が気になるからですか？」

階段を下った先の廊下で好乃が問うと、己之吉は意外そうに目を瞬《しばた》いた。

「え？　いやまあ、その気持ちもなくはないが……それよりも弓蔵が不憫《ふびん》じゃないか。あんなにげっそり弱ってしまっているんだぞ。せめて納得のいく説明を与えて安心させてやりたいと――好乃さん？　どうしてそんな意外そうな顔をするんだ」

「す、すみません。実際、意外だったもので……。己之吉さん、弓蔵様のことは苦手だったのでは？」

「そりゃまあ確かに苦手だが、でも、それとこれとは話が別だろ？　同じ家に住んでいる人間が苦しんでいるなら、何か力になれないかと考えるのは当たり前のことじゃないか」

好乃を見返した己之吉が平然と告げる。どうやら本気で弓蔵のことを気遣っているようで、そのお人好《ひとよ》しさに好乃は心底呆《あき》れた。

正直、弓蔵がどうなろうと知ったことではないが、茶碗の中の幻の謎は妖怪《ようかい》としては気になる。……ならばまあ、少しくらいは手を貸してやってもいいだろう。

そう考えた好乃は、落ち着いた表情を保ったまま持ち掛けた。

「でしたら、私も何かお手伝いしましょうか？　何の役に立つとも思いませんが、聞き込みなどでは、小柄な女の方が警戒されないということもあるでしょうし」

「それは助かる！　好乃さんが手伝ってくれるなら鬼に金棒だ」

不安そうだった己之吉が盛大に安堵《あんど》する。本当に分かりやすい人間だな、と内心で苦笑する好乃が見つめた先で、己之吉は決まりが悪そうににやついた。

「実を言うと、一人で調べるのは不安だったんだ」

「そうなのですか？　でも、先生に頼まれてよく調べ物をされていますよね」

「先生に命じられての調査の時は大義名分があるから、気も楽なんだ。でも、自主的に、勝手に調べるとなると、話が違うだろう？　ほら、僕は気が小さいから」

「なるほど」

意気揚々と歩き始めた己之吉の言葉に好乃が相槌《あいづち》を打つ。お人好しな上に気が小さいのでは、これからの人生大変だぞ……と、好乃は心の中で己之吉を案じ、次いで、己之吉のような人間のことを心配している自分に呆れた。

「……何を考えているんだ、私は」

「え？　好乃さん、何か言ったか」

「いいえ。何でもございません」

「でも、何か聞こえたような気がしたけど」

「何でもございません」

「……そ、そうか」

＊＊＊

かくして二人は、茶碗の中に浮かぶ少年──おそらく松原小四郎──についての調査を開始した。

妖怪の自分でも聞いたことがないような奇妙な事件なので、手掛かりが見つかるかどうかは五分五分だろう。好乃はそう思っていたのだが、その予測は外れた。

ひとまず弓蔵が通っている道場周辺で手分けして聞き回ってみたところ、少年の素性はあっさり判明したのだ。

道場の向かいにある炭屋の老婆が言うには、松原小四郎という名前の少年はこのすぐ近く、道場の目と鼻の先にある飯屋で働いているとのことだった。

いくらなんでも簡単に見つかりすぎではないかと、二人が戸惑ったのは言うまでもない。

「茶碗の中に幻が浮かぶカラクリはともかく、松原という少年がそんな近くにいるのなら、弓蔵が知らない方が不自然じゃないか……？　どう思う、好乃さん」

「確かにそうですね……。弓蔵様は稽古《けいこ》の後に外食をされることも多いですから、道場の近くのお店の方とは顔見知りでもおかしくないと思います。名前は知らなくても、見かけたことくらいはありそうですが、弓蔵様は……」

「ああ。知らない顔と言っていたからなあ」

炭屋の前で二人が顔を見合わせる。ここで悩んでいても仕方ないので、二人は炭屋の老婆に礼を言い、教えられた飯屋を訪ねてみることにした。

道場からほど近いその飯屋は、飯やおかずや汁物などをまとめて出す形式の店で、定食類の外に丼物やうどんも扱っているようだった。店の前の看板を見た好乃が感想を漏らす。

「こういうお店も最近増えましたね」

「最近？　結構前からあるように思うけれど」

「え？　あっ、すみません……。そうですね。その、私が暮らしていたところにはこういうお店はなかったので……」

　うっかり口を滑らせてしまったことに気付き、好乃は慌てて取り繕った。

　定食や丼物など、一食分の食事を出す外食店、いわゆる「食堂」が一般化したのは明治時代になって以降のことだ。妖怪の感覚ではごく最近の出来事なので、この手の飯屋は新しい形式の店ということになるのだが、明治十年代生まれの人間としては、今の発言は明らかにおかしい。

　幸い、己之吉は今の好乃の言葉に素直に納得したようで、「なるほどな」と相槌を打ち、目の前の戸を引き開けた。その背中を見ながら好乃はほっと胸を撫《な》で下ろし、赤い顔で自戒した。

　飯屋に入った二人が店員に「松原小四郎という人を捜しているんだが」と尋ねてみたところ、店員に呼ばれて厨房《ちゅうぼう》の奥から小柄な少年が現れた。

「あの、松原小四郎は僕ですけれど……」

四人掛けの卓に着いた己之吉と好乃の前で、着物に前掛け姿で丸盆を抱えた少年が首を傾げる。

見たところの年の頃は十五、六歳ほど。くりっとした大きな目や愛嬌《あいきょう》のある顔立ちも、弓蔵が言っていた容貌《ようぼう》と一致している。

呼び出された理由が分からないのだろう、困惑する小四郎を前に、好乃は五感を働かせたが、妖気《ようき》は全く感知できなかった。

先の真見の例もあるから言い切るのは怪しいけれど、こいつはどう見てもただの人間だな……。

そんなことを思う好乃の隣で、己之吉がおずおず口を開く。

「仕事中に呼び出して申し訳ない。つかぬことを尋ねるけれど、君は茶碗の中に浮かんだことがあるだろうか？」

「……はい？」

「己之吉さん、いきなりそんなことを聞いても混乱させるだけですよ。順を追ってお話ししないと」

小四郎が面食らうのと同時に、好乃は慌てて口を挟んだ。己之吉に「私が話します」と視線で訴え、好乃が小四郎に向き直る。

「私たち、大久保弓蔵様の下宿先の家の者です。大久保弓蔵様というのは、すぐそこの剣道の道場に通われている士官学校生なのですが」

「ああ、そこの道場の門弟の方ならよく、揃《そろ》ってうちに来られますよ。お得意様です。その、大久保様という方はちょっと存じ上げませんけれど」

小四郎は申し訳なさそうな顔をしたが、好乃が大久保の風貌《ふうぼう》を説明すると「あの方ですね」と得心した。名前を知らなかっただけで見知った相手ではあるらしい。

さらに好乃が、弓蔵が小四郎によく出くわすらしい、先日は名前を聞いたそうだが、と尋ねると、小四郎はあっさりうなずいた。

「確かによくお会いします。見知ったお顔とはいえ、お名前も存じませんでしたので、お見かけした時も軽く会釈するだけで、話し込んだりはしていませんが……。名前を尋ねられたことも覚えていますよ？　豆腐屋に買い出しに行く途中、お前は誰だと聞かれたので、素直に答えたんです。そしたらあの方、いきなり青くなって逃げ出されてしまって……。あの、僕が何か悪いことをしたんでしょうか？」

丸盆を抱えたまま小四郎は不安げに首を傾げた。その仕草に何かを隠している様子はまるでなく、本気で困惑しているようにしか見えない。小四郎の意外な反応に、己之吉と好乃は視線を交わし、顔を近づけて小声を発した。

「……どういうことだ？　弓蔵は、小四郎君が弓蔵を付け狙い、先回りしているように言っていたが、小四郎君の話を聞く限り、そんな気配はまるでないぞ。彼の振る舞いはいたって普通で、怪しいところも見当たらない」

「ですね……。そもそも小四郎さんは、弓蔵様のことを今日まで認識しておられなかったようで、嘘を仰《おっしゃ》っているようには見えませんし……」

額を突き合わせた二人がぼそぼそと言葉を交わす。それを見た小四郎はいっそう当惑し、「あの……」と控えめな声を発した。

「僕は何かしてしまったんですか？　それと、さっき仰った『茶碗の中に浮かんだことがあるか』というのは一体……？　意味が分からなかったのですが」

「え？　いや、あれはその――心当たりがないなら、それでいいんだ。君は何も悪くない……と思う」

「はあ……。でも」

「いや、大丈夫だ。忙しいところお邪魔しました！　行こう、好乃さん」

「あっ、はい……！」

己之吉が強引に話を打ち切り、席を立つ。促された好乃が慌てて立ち上がると、小四郎は、全くわけがわからないと言いたげに大きく首を捻《ひね》った。

小四郎に再度礼を言い、己之吉と好乃は連れ立って飯屋を後にした。

「なあ、好乃さん。つまり……どういうことだと思う？　僕には何が何だかさっぱりなんだが、一体何が起きているんだ？」

好乃の隣を歩きながら己之吉が首を捻ったが、筋の通る説明が思いつかないのは好乃も同じだ。「分かりません」と好乃が素直に答えると、己之吉はやるせなさそうに溜息《ためいき》を落とした。

「西洋の探偵小説ならば、こういう時は次の証人に話を聞きに行ったりするんだけれど……話を聞くべき相手も思いつかないしなあ」

「関係者は、弓蔵様と小四郎さんの二人だけですからね……。この後どうされます？小四郎さんの顔が浮かんだというお茶碗でも調べてみますか？」

「そうだな。弓蔵の話だと、特定の茶碗だけに幻が浮かぶというわけでもなさそうだから、器に何か仕掛けがあるとも思えないが……。とりあえず、一旦《いったん》帰ろうか」

渋面のまま己之吉が提案し、かしこまりました、と好乃が応じる。

そうして二人が八雲邸への道をぶらぶらと歩いていくと、道の先からよく見知った洋装の人物が幼い子供の手を引いて現れた。息子の一雄を連れた八雲である。

己之吉と好乃が足を止めて挨拶《あいさつ》したところ、八雲は、夕方から雨が降りそうなので日課の散歩を早めたのだと語り、二人に何をしていたのか尋ねた。そこで己之吉たちが飯屋でのやり取りを話すと、八雲は「ふうむ」と大きく唸《うな》った。

「……やはり、そういうことでしたか」

誰に言うともなく八雲がつぶやく。その一言に已之吉は不可解そうな顔になった。

「先生は今の話で何かお分かりになったのですか？　いや、『やはり』ということは、もう既に気付かれていた……？」

「いいえ。それ違います。分かったわけでも、気付いたわけでもありません。あくまで推測です」

「推測でも構いません。先生のお考えを教えていただけませんか？　結局何が起こっているのか、僕も好乃さんも全く分かっていないのです」

謙遜《けんそん》する八雲に已之吉が食い下がる。それを聞いた八雲は興味深げに眉《まゆ》を動かし、道ばたで一雄の相手をしていた好乃に目をやった。

「好乃。あなたも理解できていないですか？」

「え？　ええ……。はい」

そう認めることには若干の口惜しさもあったが、ここで意地を張っても仕方ない。好乃は素直に首を縦に振り、それを受けて已之吉が八雲に向き直る。

「お願いします先生。弓蔵はあんなに弱っているんですよ？　どうか、彼のためを思われるなら——」

「已之吉の思いやり、とても立派です。ですが、弓蔵のためを思うなら、私、猶更《なおさら》言えません」

「え。弓蔵のためを思うなら……？」

「はい。これはおそらく、当人が、自分の力で、答えに辿《たど》り着くべき問題です。本人が気付けないなら……あるいは、気付かないようにしているなら、他人がそれを気付かせるべきではない、私、思います」

「ど、どういうことですか……？」

謎掛けのような八雲の答えに己之吉がいっそう困惑する。己之吉は縋《すが》るように好乃を見たが、好乃にも八雲の意図は分からない。目を伏せた好乃が首を横に振ると、己之吉は八雲に再び顔を向けた。

「お願いします先生！　何かお気付きのことがあるなら、ご教示ください……！　直接言い辛《づら》いことならば、手掛かりだけでも構いません。このままでは、弓蔵だけでなく僕もどうかなってしまいそうで……」

弱り切った表情で己之吉が訴える。

と、八雲はその己之吉の言葉に何か感じるところがあったようで、そうですか、と声を漏らし、短く思案した後、口を開いた。

「……分かりました。己之吉まで弱ってしまっては、書生を預かる教師として失格です。なので、ヒント──手掛かり、一つだけ伝えます」

「ありがとうございます！　それは──」

「『新著聞集』に載っている、茶碗の中に若い侍の幻が浮かぶ話です」

「……は？　いや、それなら先日しっかりと伺いましたが……。なあ好乃さん？」

「ええ……。関内という武士が、式部某の幻を茶碗の中に見た後、式部やその使いの三人組に押しかけられるという話ですよね？」

己之吉と好乃が視線を交わして困惑する。だが、その反応は八雲にとっては予想の範疇《はんちゅう》だったようで、薄く微笑んでこう続けた。

「私、ゴーストの話好きですが、本に書いてある通り朗読するのでなく、その人の言葉で語ってもらう、好みます。知っていますね、己之吉？」

「はい。よく存じていますが……」

「では、それがなぜか知っていますか？」

「え？　いいえ、そこまでは……。どうしてなのです？」

「話は、改変されるものだからです」

八雲はきっぱりと言い切り、念を押すように深く首肯した。己之吉や好乃が見つめる先で、八雲がさらに言葉を重ねる。

「人は、物語を自分の言葉で口にする時、必ずどこかを変えてしまいます。意図的なものもあれば、無意識のうちに為される改変もあるでしょう。不要と思った部分、省略したり、逆に要素を足したり、あるいは単純に筋を忘れてしまったり……。そうやって形を変えていく中で、失われるものがあり、足されるものもあり、ずっと残っていくものもある。その過程にこそ物語の――こと、ゴースト・ストーリーの――魅力がある。私、そう思います。……だから、そういうことです」

そう言って八雲はにこりと微笑み、好乃の傍で待っていた一雄に呼びかけた。

「お待たせしました、一雄坊。散歩の続き、行きましょう」

「うん！」

父に呼ばれた一雄が嬉《うれ》しそうに八雲に走り寄る。八雲はその小さな手を取り、では、と軽く会釈して歩き去ってしまった。己之吉と好乃は一礼を返して八雲を見送り、その上で顔を見合わせた。

「『そういうことです』と言われてしまったが……どういうことなんだ？」

「うーん……。茶碗の中に幻が浮かぶあの怪談の原話を読んでみろ、ということではないでしょうか？　先生が語られた時には省かれていた部分があるとか」

「なるほど……！　いや、しかし、それがどう手掛かりになるんだ」

「そこまでは私にも」

己之吉に問いかけられた好乃が頭《かぶり》を振り、二人は揃《そろ》って首を傾げた。

だが、帰宅後、八雲の書架の「新著聞集」を開いた己之吉は、ああっ、と大きな声をあげた。

「これはもしかして……そういうことか？　だから先生は――」

己之吉が声を漏らして得心する。

隣から覗《のぞ》き込んでいた好乃もまた、今回の事件の原因と、あえてそれを口にしなかった八雲の意図を理解していた。

……なるほどな。まだまだ私も、人間が分かっていないということか。

好乃は自嘲《じちょう》し、真っ先に真相に気付いていた八雲の推察力に改めて感服した。

＊＊＊

数日後の夜、己之吉は弓蔵を誘い、提灯《ちょうちん》を片手に外出した。

弓蔵の顔色は依然として悪かったが、丸一日以上静養していたおかげで少しは血色が戻っている。己之吉に「大事な話がある」と言われて呼び出された弓蔵は、不可解そうに首を捻《ひね》りながらも、愛用の木刀を帯に差して後に続いた。

木刀を持参した理由を問われた弓蔵は、「これがあると少しは安心できるのだ」と語り、己之吉にわざわざ外出した理由を尋ねた。

「拙者に用があるなら家で話せばよかろう」

「それはそうなんだが、家だと先生やそのご家族もおられるし、先生を訪ねてくる来客があるかもしれないだろう？　だが、君は、誰かに聞かれることを望まないだろうと思ってだな……」

「何の話だ。今日のお主はいつにもまして分かりにくいぞ」

「すまない。それは自覚しているんだが……」

弓蔵に睨《にら》まれた己之吉が言い辛そうに語尾を濁す。

その後、己之吉は町の外れまで歩き、石垣と水路に挟まれた坂道の麓《ふもと》で足を止めた。

水路の向こうは大きな屋敷だったが、放置されて久しいようで、広い庭園は荒れ放題で、灯《あか》りも人の気配もない。

「うん。ここならいいだろう。誰もいないし、誰か来てもすぐに分かる」

「馬鹿馬鹿しい。こんな時間、こんなところに人が来るものか」

石垣を背にしてあたりを見回す己之吉に、弓蔵が嚙《か》みつくように言い返す。

だが、そのやり取りを、姿を消した好乃が聞いていた。

先の貂鬼坊の一件の際、八雲に同行した時と同じ要領で、好乃は自身の姿を隠して二人に同行していたのだ。

まあまあと弓蔵をなだめる己之吉を、好乃は数歩ほど離れたところから見やり、先日の己之吉の言葉を思い返した。

──弓蔵のことを思うと、彼とは自分が一対一で話した方がいいと思う。このことを小泉先生や好乃さんが知っていることも、ひとまずは伏せておくつもりだ。

己之吉は神妙な顔でそう主張した。己之吉の意図は好乃にも理解できたし、あの場では「分かりました」とうなずいたのだが、なぜか好乃はこうして様子を見に来てしまっていた。

……もしかして私は、この人間たちが——あるいは二人のどちらかの身が——心配なのか？

そんな自問をしながら好乃が見守る先で、弓蔵が苛立《いらだ》った声で己之吉を急《せ》かす。

「それで、一体全体何の用件なのだ？　いい加減に話してもよかろう」

「ああ、そうだな。すまない。話したかったのは他でもない、松原小四郎君——君が茶碗《ちゃわん》の中に見るという、幻の少年のことだ」

「……あやつがどうした」

「弓蔵。君は、茶碗の中に必ず彼の幻が映り、外で彼にやたらと出くわすと言っていたな？　その理由について、おそらくだが、見当が付いた」

「何だと!?　それは一体——」

「恋煩《わずら》いだ」

弓蔵の問いかけを遮るように己之吉が言い切る。

その声が暗がりに響いた途端、弓蔵は、はっ、と虚を衝《つ》かれたような声を発して沈黙した。

説明不足だと思ったのか、己之吉が慌てて言葉を重ねる。

「ああ、恋煩いというのはだな、誰かに恋焦がれる気持ちが強すぎて、心身に不調を来たしてしまうことで……」

「馬鹿にしているのかお前は！　拙者とて、恋煩いという言葉くらいは知っている！つい黙ってしまったのは、お前があまりにも馬鹿げたことを口走るからだ……！　言うに事欠いて、恋煩いだと……？　馬鹿馬鹿しいにも程がある！」

「君ならそう言うと思ったが、まあとりあえず、話だけでも聞いてくれ。いいか？幻の少年こと松原小四郎君は、君が通う道場の近くの飯屋で働いていて、彼は君のことも知っていた。つまり君は彼と面識があるんだ。多分、君は飯屋で彼に会い、そこで一目惚《ひとめぼ》れをしたんだと思う」

「ひ――一目惚れ!?　ふざけるな！　この拙者がそんな女々しい――」

「それだ」

「……何？」

「君は恋愛感情を女々しく情けないものだと捉《とら》え、蔑《さげす》んでいるだろう？　だから、自分が誰かを好きになったことを認められなかったんだと思う。おそらくだが、君は、無意識の内に、自分の中に芽生えた恋心を無理やり押し殺し、なかったことにしたんじゃないか……？」

苛立つ弓蔵に己之吉が必死に食い下がる。その推理に説得力を感じてしまったのか、弓蔵はうっと口ごもり、己之吉はその隙を突くように口早に言葉を重ねた。

「でも、一度芽生えた好きという気持ちはそう簡単に消えはしない。君に茶碗の中に幻を見せていたのは、心の奥底に押し込められた君自身の恋心なんだ。小四郎君によく出くわしていたのも、自覚のないままに、彼の通りそうな時間と場所を選んで出向いていたからだ。つまり、先回りしていたのは君の方で――」

「いい加減にしろ！」

突如弓蔵が声を張り上げた。ここまで己之吉も頑張ってはいたが、軍人志望で剣道を嗜《たしな》む弓蔵と、農家出身で文学好きの己之吉とでは、元々の迫力がまるで違う。押し黙ってしまった己之吉に向かって、弓蔵は歯を食い縛り、怒りに満ちた声を発した。

「黙って聞いていれば抜け抜けと……！　恋煩い？　一目惚れ？　押し殺した恋心……？　馬鹿かお前は!?　いや、馬鹿だお前は！　いいか？　松原小四郎は――あいつは、男だぞ！」

「……世の中には、同性を愛する人もいるだろう」

「何……？」

「海外でも日本でも、それを主題にした文学は幾つも書かれている。僕は詳しくないけれど、日本にも衆道というのがあるだろう……？　『彼は男だから』というのは、僕の考えを否定する根拠にはならない」

震える声で己之吉は反論し、「と思う」と不安そうに付け足した。

とっくに日は落ちているので、光源は己之吉の提げた提灯だけだ。淡い光に下から照らされながら、弓蔵は歯を嚙み締め、抑えた声をぼそりと発した。

「……なぜ、そう思った」

「えっ」

「言っておくがな！　拙者はお前の考えを認めたわけではないぞ！　ただ、その間抜けな発想に至った経緯が気になっただけだ！」

「わ、分かった分かった！　分かったから、そう興奮するな……！　いいか、思い当たったきっかけは、先日小泉先生が話された怪談だ。関内という武士が、茶碗の中に式部なる若侍の幻を見るという……。あの話は君も聞いただろう？」

「あの、よく分からない話か……？　あれがどうした」

「……あの時、先生は、ある要素を意図的に省いて話しておられたんだ。僕は、原文を読んでそのことを知った。いいか？　あれの原話では、関内のところに押しかけて来た三人は、自分たちは式部の使いだと名乗った後、こう告げるんだ。『思ひよりてまいりしものを』――つまり、『式部は、お前への思いを募らせてやって来たのに』

と。分かるか？」

「な、何がだ」

「小泉先生はぼかしておられたが、あれは要するに武士同士の恋愛の話なんだ。式部は実は関内に恋しており、その思いが募って関内の茶碗の中に自らの幻影を映し出していたというわけだ。ほら、好乃さんが、遠く離れた恋人同士が水面にお互いの顔を見るという昔話をしただろう？　起こっている現象はあれと一緒だ」

己之吉はそこまでを一気に言い切ると、ふう、と息を吐いてさらに続けた。

「勿論《もちろん》僕もこんなことが本当に起こったとは思わない。でも、思いを寄せる誰かの顔を幻として見てしまうことは、充分あり得るとも思うんだ。君が、小四郎君の顔を事あるごとに見てしまったように――」

「違う！」

弓蔵の叫びが再度己之吉の語りを遮った。だが、その声からは、既に持ち前の迫力は失《う》せていた。悲鳴にも似た痛切な叫びに思わず口をつぐんだ己之吉の前で、弓蔵は違う、違う、と痛々しい声で繰り返した。

「断じて違う……！　そんなはずは絶対にないのだ！　日本男児たるこの拙者が、惚《ほ》れた腫《は》れたといった軟弱な心に支配されるはずがない！　しかも相手は男だと!?　あり得てたまるか、そんなこと！」

「だから落ち着け！　いいか弓蔵！　人が人を好きになってしまうのは自然なことだ。決して恥ずかしいことではないと僕は思う」

「……うるさい」

「頼む、落ち着いて話を聞いてくれ……！　その気持ちをどう扱うかは君の勝手だ。諦《あきら》めるのもありだろう。忘れようとするのも一つの選択だと思う」

「……黙れ」

「だけど、せめて、自分の気持ちを認めてやれ！　恋心を認めてやるんだ！　その気持ちをまずは認めないと、先には進めないだろう？　いや、それどころか、このままでは君の心はどうにかなってしまうぞ？　僕はな、君のことが心配で――」

「黙れえええええッ！」

泣き叫ぶような喚《わめ》き声とともに、ごつっ、という武骨な殴打音が響き、己之吉の体が転がった。

弓蔵が己之吉を殴り飛ばしたのだ。

己之吉の持っていた提灯《ちょうちん》が路上に転がり、蠟燭《ろうそく》の炎を纏《まと》って燃え上がる。その火に照らされながら、弓蔵は鬼気迫る表情で倒れた己之吉を見下ろした。

やはりこうなったか……と、二人を見守っていた好乃は顔をしかめた。

己之吉の気遣いに嘘はなかったのだろうし、同じ結論に達した八雲や好乃を同席させなかったのも正しい選択ではあるだろう。

弓蔵の性格上、この情報を大勢に共有されていると知ったら、大きな打撃を受けることは間違いないからだ。

だが、弓蔵は己之吉のことを軟弱者と見下している。そんな相手から親身になって説得されれば、逆上するのも当然だ。

……もう充分だ己之吉、この場から逃げろ。

後は、弓蔵に、頭を冷ます時間を与えてやればいい……。

好乃はそう内心でつぶやいたのだが、倒れた己之吉は呑気《のんき》にむくりと上体を起こし、殴られた頰に手を当てた。

「いてててて……。お前、いきなり何を——」

「……おい、己之吉。お前、このことを誰かに話したか」

「へっ？」

「誰が知っていると聞いているのだ！　答えろ！　早く！」

「わ、分かった……！　知っているのは僕と好乃さん——あっ、いや、違う！　僕だけだ！　僕しか知らない！」

慌てて取り繕う己之吉だが、どう考えても後の祭りだった。好乃は思わず顔を覆い、それを聞いた弓蔵は、血走った目をカッと見開いた。

「……そうか。あの女中も知っているのか」

抑えた声を漏らしつつ、弓蔵が帯に差していた木刀を抜く。「何を」と怯《おび》える己之吉を、弓蔵はじろりと見下ろし、木刀を構えた。日頃熱心に鍛錬しているだけあって、正気を失いつつあるのに構えは様になっており、それがかえって恐ろしく見えた。

「知れたことだ」と弓蔵が言う。

「まずお前を黙らせる。そして、あの女中も黙らせる……」

「だ、黙らせる……？」

「……そうともよ。喉《のど》を砕けば口は利けまい。指を砕けば字も書けまい」

「ば――馬鹿か、お前！　そんなことをしなくても僕は誰にも話さないし、と言うかだな、この際僕はいいとして、好乃さんに非はないだろう！」

「うるさい！　あの女中は前から気に食わなかったのだ！　女のくせに、何でもかんでも見透かしたような顔をしやがって……！　だが――まずはお前だ！」

血走った眼を見開き、唾《つば》を飛び散らせながら、弓蔵は己之吉に打ちかかった。ひい、と声をあげた己之吉は蛙のように背後に飛んで木刀を避《よ》け、立ち上がって逃げ出した。

「たっ、頼む！　落ち着け弓蔵！」

「逃がすものかあああああッ！」

坂を駆け上って逃げていく己之吉を、木刀を振り上げた弓蔵が追う。

そのまま二人の姿は暗がりの中に消えていき、後には、燃えつきつつある提灯と好乃一人が残された。

誰もいないのであれば姿を隠す意味もない。普段通りの姿を現した好乃は、しかめた顔を二人が走り去った坂へと向け、どうしたものかな、と思案した。

＊＊＊

己之吉を黙らせなければいけない。

その一念のみに支配され、弓蔵は木刀を握り締めて坂を駆け上っていた。

右手には石で囲われた水路が伸び、左手には古びた石垣が壁のようにそびえている。

周囲には依然として人の気配も灯《あか》りもなかったが、月が煌々《こうこう》と輝いているため、あたりの様子は何とか見える。

月明かりを頼りに弓蔵はひたすらに走った。

……だが、どれだけ行っても、己之吉の背中は見えてこなかった。

弓蔵の中に僅《わず》かに残った冷静な部分が、おかしいぞ、と訴える。

己之吉がこんなに足が速いはずはない。

ここは水路と石垣に挟まれた一本道なので身を隠せる場所もない。

なのに、己之吉はどこへ行ったというのだろうか。

いや、それ以前に、この坂はこんなに長かっただろうか……？

弓蔵がそんな疑問を覚えた時、道の先、石垣の傍に、女が一人うずくまっているのが見えた。上品な身なりの若い女性である。

具合でも悪いのか、袖《そで》を顔に当てているので容貌《ようぼう》は見えないが、丁寧に結われた髪からすると良家の子女のようだ。

女に気付いた弓蔵はその傍で足を止め、荒い息を整えようともせずに声を発した。

「おい女！　ここを男が通らなかったか？」

弓蔵の乱暴な声が暗い坂に響く。ひと気のない夜道で、若い女性が木刀を握って目を血走らせた男に怒鳴りつけられたらどう思うか、などという考えは、この時の弓蔵の頭の中にはなかった。

と、大声を浴びせられた女は、袖で顔を隠したまま、すっと無言で立ち上がった。

その淡々とした反応に弓蔵の苛立《いらだ》ちはさらに募った。

「何のつもりだ？　聞こえているなら答えんか！」

弓蔵がそう怒鳴り、木刀を掴《つか》んでいない方の手を女に伸ばした時だった。

女は、ずっと上げていた袖を、顔面を撫《な》でるように下ろし、弓蔵へ顔を向けた。

その顔を――おそらくは顔と呼ぶべき部位を――見るなり、弓蔵の呼吸は一瞬止まった。

月明かりを浴びた女の顔には、何もなかった。

目も鼻も口も、人の顔に備わっているはずの部位を全て欠いたつるりとしたただの平面が、首の上に載っていた。

あり得ない異形を前にして、ぞおっ、と弓蔵の背中が冷える。

「ひっ……」

引きつったような声が弓蔵の口から漏れる。それをきっかけに、恐怖心が一気に湧き上がり、弓蔵の胸中を塗り潰《つぶ》した。

「ひいいいいっ――うわあああああああ!」

気が付けば弓蔵は臆面《おくめん》もなく悲鳴をあげていた。

反射的に顔のない女に背を向けた弓蔵は、そのまま全力で逃げた。

何だあれは!? 何だ、今のは……!?

恐怖と混乱に苛《さいな》まれながら、弓蔵は一心不乱に走った。

もはや坂を上っているのか駆け下りているのかも分からない程、必死だった。

幸い、女が追ってくる気配はなかったが、確かめる気にはならなかった。

とりあえず人の居るところに行きたい。人家の灯りを浴びたい……!

弓蔵はひたすらにそう願ったが、坂はいつまでも続いており、しかもあたりは暗くなった。月に雲がかかったようだ。

だが、弓蔵が思わず「ああ……」と情けない声を漏らした、その矢先。

暗い道の先に、ぽっ、と一つの灯りが見えた。

「蕎麦《そば》」と記された提灯《ちょうちん》が、道の先で揺れている。

夜鳴き蕎麦の屋台だと気付いた弓蔵は、残った力を振り絞って提灯まで走り、粗末な屋台の前で頽《くずお》れた。

客はいなかったが、屋台の中には蕎麦屋の店主らしき男が一人立っていた。何かの作業中なのか、男は弓蔵に背を向けたまま、つっけんどんに問いかけた。

「おやおや、何の騒ぎです？　大の大人が、何をそんなに慌てておられるのやら……。喧嘩《けんか》にでも負けなさったのですか？」

「ち、違う……」

「じゃあ、追い剝《は》ぎにでも遭われましたか？　このあたりは人通りが少なくて不用心ですからねえ。こないだも」

「違う！」

「元気な方だねえ。そんな大声を出さなくたって聞こえますよ。だったら、何があったと仰《おっしゃ》るんですかい？」

「で──出たんだ。出たんだよ……！」

木刀を杖代《つえ》わりにして立ち上がり、弓蔵は蕎麦屋の背中に向かって訴えた。

「女が出たんだ……！　あの女の、あの顔……！」

「顔がどうしたってんです」

「どうしたも何も——」

そこで弓蔵の声は不意に途切れた。

人に会えて少し落ち着いたためか、「顔がない女を見た」などと言っても信じてもらえるはずがない、という冷静な判断が働いたのだ。

弓蔵が思わず黙り込むと、蕎麦屋は「その女ってのは……」と声を発し、ようやく弓蔵に向き直った。

「……ひょっとして、こんな顔だったんじゃありませんか？」

そう言いながら弓蔵を見た蕎麦屋の顔は、つるりとした平面であった。

つい先ほど見たばかりの、目も鼻も口もない、まるで卵のような顔。

それを見た瞬間、弓蔵は絶叫していた。

その叫びに呼応するように提灯の灯が消え、あたりは完全な暗闇に包まれた。

＊＊＊

「まあ、こんなものか」

　月明かりの照らす坂の麓《ふもと》で、好乃はやれやれと嘆息し、白目を剥《む》いて気絶した弓蔵を見下ろした。

言うまでもなく、弓蔵が出くわしたのっぺらぼうたちゃ終わらない坂道と言った怪異は、全て好乃が見せたものだ。いっそ水路にでも突き落としてやろうかとも思ったのだが、死なれてしまうと己之吉の苦労が水の泡になるので、気絶に留《とど》める程度にしておいた。

「一晩ここで寝かせておけば頭も少しは冷えるだろう。しかし、顔がないというのは意外と効くものだな……」

倒れた弓蔵を一瞥《いちべつ》した後、好乃は誰に言うでもなくつぶやいた。

元来、好乃やその同族は、体の一部や全身が異様に大きな人間の姿で脅かすことを得意としていた。特に、顔の長い人間に化けることを好乃は得意としていたが、今回はそれは使わなかった。

たった今、好乃が使用した「顔がない人間」という怪異は、先の横浜の法一の一件の際に八雲から聞いた話を参考にしたものだった。

――ある日の日暮れ時、私、その屋敷に一人でいると、人影見ました。人影、こちら、近づいてきます。私、最初、同じ屋敷に住んでた年上の従姉《いとこ》のジェーン、思いました。ですがそれ、ジェーン、違いました。それ、近づいてきて私を覗《のぞ》きました。私、それ見て驚きました。ジェーンのようなそれ、顔、なかったからです。

——目ない、鼻ない、口ない、ただ暗い平面だけがありました。

——人体の欠落、とても怖い。私、これ、人間の根源的な恐怖、思います。

——そして、人体が欠落した姿のゴーストも同じくらい怖い、私、思います。

好乃は改めて八雲のあの時の語りを回想し、確かにそうだな、とうなずいた。これだけ効けば充分だ。

ともあれ、これで弓蔵を止めることはできた。後は何食わぬ顔で己之吉と合流すれば……と、好乃がそう考えた時だった。

道沿いの石垣の角から、がさり、と微《かす》かな——だが、確かな物音が響いた。

好乃は思わず振り返ったが、そこには誰の姿もない。

「気のせいか？　それとも、まさか——」

まさか、誰かに見られていたのか……？

好乃は心の中で自問した。

今しがたまで、好乃は幻術と変化《へんげ》の術を併用していた。幻術は対象となる人間にしか効果はないが、変化は自身の姿そのものを変える術なので、その場に居合わせた誰の目にも映ってしまう。もし誰かが観察していたなら、好乃がのっぺらぼうになり、また元の姿に戻るところが見えたはずだ。

焦った好乃はあたりの様子を探ったが、人がいる気配はなかった。

好乃が八雲邸に戻ると、己之吉は既に帰っており、八雲に弓蔵との対話の顛末《てんまつ》を話して聞かせているところだった。

好乃は、己之吉と弓蔵のことが気になったので様子を見に出たが、行き違いになってしまったようだ、と説明し、それを聞いた己之吉は何か言いたいことがあるようにも見えたが、とりあえず好乃が無事だったことを喜んでくれた。

さらに好乃は、弓蔵が気を失って倒れているのを見つけたと報告し、「助けを呼ぶつもりで帰ってきましたが、己之吉さんのお話と合わせて考えると、逆上して転んで頭を打たれたのではないでしょうか？　今、連れ帰ってきて起こすと、何をなさるか分かりませんし、このままあの場で休んでいただくのもいいかと」と提案した。

己之吉は連れ帰るべきだと言いたげだったが、八雲が好乃に賛同し、さらに「今の弓蔵、私たちに会いたくないでしょうから」と諭すと、渋々同意した。

＊＊＊

弓蔵が八雲邸に戻ってきたのは、翌日、日が高く上ってからのことだった。

弓蔵は落ち着いてはいたが顔色は悪く、持ち前の迫力はすっかり失《う》せてしまっており、「今朝、道場を辞めてきました」「この家も出ようと思います」と、淡々と八雲に告げた。

あまりに急な話に、その場に居合わせた己之吉は驚き、その理由を尋ねたが、弓蔵は何も語ろうとはしなかった。

八雲は「次の落ち着き先、決まらなかったら帰ってきなさい」と言うだけで引き留めようともせず、結局、弓蔵は荷物をまとめてその日の午後には八雲邸を去った。

弓蔵が出て行った後、己之吉に弓蔵を止めなかった理由を問われた八雲は、庭に面した縁側に腰を下ろし、諭すようにゆっくりと語った。

「自身の秘めた思いを知る者がいるところで暮らす、彼のプライド——矜持《きょうじ》が許さないでしょう。無理やりここに居させる、彼の心、傷つけるだけです。それ、私、望みません。己之吉はどうですか？」

「それは僕もですが……しかし、あの状態で放り出すというのは」

「価値観を揺るがされる、誰もが経験する出来事です。いま、彼が真に自省し、立ち直るために必要なのは、一人になれる環境、私、思います」

「仰《おっしゃ》ることは分かります。ですが……もしも、そこで立ち直れなかったら？」

縁側に立った己之吉が不安そうに問いかける。

八雲はまず己之吉を、次いで、その傍らに立つ好乃を見やった後、葉を落とした庭木に向き直り、「祈りましょう」とだけ告げた。

しん……と小さな庭が静まりかえり、短い沈黙の後に己之吉がつぶやく。

「……僕は、余計なことをしてしまったんだろうか」

問いかけとも自問ともつかない微かな声がぼそりと響く。

好乃はそれに応じるべきか迷ったが、八雲は何も言わずに肩をすくめ、雰囲気を変えるように、穏やかな笑みを浮かべて口を開いた。

「それにしても己之吉。よく弓蔵の見た幻の正体、気付けましたね。立派です」

「え？　いや、先生からいただいた手掛かりのおかげですから……。『新著聞集』の関内と式部の話、あれは要するに、恋慕が生み出す幻影の話なんですよね」

「そうです。そういう意味では、ありふれた、平凡な怪談です。ですが私、先日、恋の要素を省いて語ってみて、そこで気付きました。あの話から恋の要素抜くだけで、とても不条理で不思議な怪談へ、変わります。ゴースト・ストーリーは、語り手によって形を変えるものですが、それを体現するような話なのですね……。願わくは、この事実に気付かせてくれた彼に、心の安らぎが訪れますように」

そう言って八雲は空を見上げ、弓蔵の平穏を祈るように目を伏せた。

＊＊＊

弓蔵の一件の後、好乃はふと思い立ち、これまで八雲が事件に際して言及した物語——食人鬼になった僧や琵琶《びわ》法師の芳一、果心居士の話など——の原話も読んでみたが、これらの内容は八雲が解説した通りだったので、少し拍子抜けした。

そして、それからしばらくは、これといった事件もない平穏な日々が続いた。

強いて言えば、己之吉が妙にそわそわしていると言うか、落ち着きを欠いているように好乃には感じられ、それは多少気になったが、己之吉は元々動じやすい性格の人間だ。弓蔵の一件が後を引いているのだろう……と、この時の好乃は思っていた。

そして東京に本格的な冬が到来し、時折雪がちらつくようになった頃の、ある日の日暮れ時。

己之吉が好乃を呼び出した。

好乃は、どうせまたちょっとした頼まれごとか相談だろうと軽く考え、言われた通りの刻限に、待ち合わせ場所である近所の無人のお堂に出向いた。

だが、そこで待っていた己之吉の雰囲気は尋常ではなかった。

外套《がいとう》の袖口《そでぐち》から覗く手は小刻みに震え、口元からは白い息が忙《せわ》しく漏れている。

あからさまに緊張した様子の己之吉を見て好乃は驚き、戸惑った。

「己之吉さん……？」

「ああ！　来てくれたのか、好乃さん」

「え、ええ……。お待たせしてしまったようで、申し訳ございません。それで、私に一体何のお話が……？」

おずおずと己之吉に歩み寄りながら、好乃はひどく訝《いぶか》しんだ。

家でいくらでも会えるのにわざわざ外に呼び出すということは、二人きりで話したい——つまり、誰かに聞かせたくない話題だとしか思えない。

そして今の己之吉は明らかに身構えており、怯《おび》えているようにも見える。

先日、己之吉を守るために弓蔵を脅かして気絶させた際、石垣の角から響いた物音のことを好乃は思い出し、「まさか」と内心でつぶやいた。

まさか……あの時、見られていたのか？

こいつは、私が人ではないと知ったのか？

だとすれば、ここ最近の己之吉の様子がおかしかったのも納得だが……。

内心の動揺を押し隠したまま、好乃が己之吉の前で足を止める。と、己之吉は好乃を見返し、思い切った顔で口を開いた。

「……好乃さんも知っての通り、先日、僕は弓蔵を呼び出して、彼が見た幻の原因を伝えた」

緊張した声が古びたお堂の前に響く。

やはりか、と好乃は歯嚙《はが》みした。

あの時、力を使うところを見られてしまっていたようだ。全く、何をやっているんだ、私は……！

好乃は自分の不注意を恥じ、自身を責めた。

だが、己之吉が続けて発した言葉は、好乃にとって全く予想外のものだった。

「あの時、僕は弓蔵に、大事なのは恋心を認めることだ、と言った。誰かを好きになってしまうのは自然なことだとも言った」

「……え？」

「それに、その気持ちをまずは認めないと先に進めないだろう、とも……！　そんな風に偉そうに説教してしまったからには、僕自身も、そうありたいと思う」

「は、はあ……？」

好乃は心底戸惑った声で相槌《あいづち》を打った。

どうも思っていた話と違うぞ、と好乃は気付いていた。

正体を知られたわけではなさそうだが、だとしたら己之吉の焦る理由も、呼び出されたわけも分からない。眉《まゆ》をひそめる好乃の前で、己之吉は顔を赤くして続ける。

「あの夜、弓蔵が、僕だけでなく好乃さんをも黙らせると言った時に、それだけは絶対に防がなければいけないと僕は思った。自分でも驚くくらい強く思った。そして僕は気付いたんだ。自分の中にあった気持ちに……！」

「あの……つまり、何のお話なのです……？　何を仰りたいのか、よく分からないのですが……」

「す、すまない……！　なら、単刀直入に言おう！」

そう言うなり己之吉は姿勢を正し、まっすぐ好乃を見つめて告げた。

「好乃さん。僕は──あなたのことが好きなんだ」

「……は？」

《コラム④　「茶碗の中」の改変》

「茶碗《ちゃわん》の中」は「骨董《こっとう》」（一九〇二年）に収録された短編。ある武士が茶を飲もうとしたところ、茶碗の中に知らない若者の顔が浮かんだことから始まる奇妙な顚末《てんまつ》を描く。最後まで謎が明かされない展開に加え、いわくありげな書き出しや、読者に語り掛けるような末尾等も効果的で、八雲の怪談の中でも特に不可解な物語として知られる一編である。

だが、この物語の原話である「新著聞集」（一七四九年）のエピソードは、若者から武士への懸想が発端となる男性同士の恋愛譚《たん》であり、「慕る思いが相手の茶碗の中に自分の顔を映し出す」という現象以外は不思議なことは起こらない。八雲は原話の恋愛要素を全面的にカットし、不審者に過ぎなかった若者やその使いを実体のない幻影へと変更、さらには思わせぶりな導入部分を足し、茶碗に映る幻を飲むのは魂を飲むのと同じであろうという独自解釈を施すことによって、原話を不可解でシュールな怪談へと大胆に改変してみせている。

第五話　人と人でないものの間に
――「ゆきおんな」より

昔《むがす》、あったずもな。

ある時《どぎ》、親父ど息子ど、山サ木伐りに行ったったずもな。サア、そしてぇば、何もかにも、雪降って、吹いで、その晩げ、家《え》サ帰《けえ》って来られねぇぐなったずもな。（中略）

そしてあったずが、大ーきな風吹いで来た所《どごろ》、雪の塊、もこもこもこーッと、入《へぇ》って来たっずもな。

そしてぇば、その、雪の塊だど思って見でら、その塊の中に、何とも言われねぇ、美《うづぐ》しーな、何とうな、真白な、美しーな、その、あねさま、親父サ、ホワーッと息《いぎ》かげだば、その親父すっかりハァ、凍《し》み死んじまったずもな。そして、その童子《わらす》サ、

「この事《ごと》、誰サもしゃべんなよ。しゃべれば、お前《めえ》の命《いのぢ》もねぇがらナ。」

って、そして出はって行ってしまったずもな。

（会津民俗研究会の一九八八年の聞取り調査で記録された鈴木サツ氏の語り「雪女《ゆきおなご》の話」より）

「好乃さん。僕は──あなたのことが好きなんだ」

「……は？」

己之吉の率直な、そして唐突な告白を受け、好乃は戸惑いの声を漏らした。

まさかそんな用件のために呼び出されたとは好乃は夢にも思っておらず、自分に対してそういう感情を抱く人間がいるという発想もなかったので、驚きのあまり、つい本性が漏れそうになってしまう。伸びかけた尻尾《しっぽ》を慌てて押し止《とど》め、好乃は眼前の人間を──黙りこくって返事を待つ己之吉を──見返した。

告白という状況に慣れていないのだろう、顔は赤く呼吸も荒いが、そこを除けば普段通りの己之吉で、何かが化けて入れ替わっているような気配はない。

そして、好乃の知る限り、己之吉は気こそ弱いが誠実な性格で、こういう嘘や冗談を言うような人間ではない。

ということは、やはり、全く理解できないが、今の発言は本気なのか……？

心の底から訝《いぶか》りながら、好乃はぼそりと問いを発した。

「……なぜです？」

「え？　なぜって」

「だから、どうして私なのですか？」

「ああ、そういうことか。それなら今言ったじゃないか。先日、弓蔵があなたを傷付けると言った時に、僕はそれだけは絶対に嫌だと思って、そこで気付いたんだ。そうか、僕はあなたのことが――」

「それは伺いました。ですが、『気付いた』ということは、元々私への……その、好意があったわけでしょう……？　それはどうしてなのか、とお尋ねしているのです。こんな田舎出で世間知らずの、子供のように小柄で色気も可愛げもなく不愛想な娘の、一体どこがいいのです？」

鋭く眉をひそめた好乃が淡々と問いかける。この問い詰め方は「目立たなく控えめで落ち着いた女中」という普段の顔にはそぐわないものだと好乃は気付いていたが、それでも尋ねざるを得なかった。

本当に知りたかったからだ。

詰問された己之吉は一瞬押し黙ったが、すぐにいっそう顔を赤くして口を開いた。

「……そ、そういうところだ」

「はっ？」

「好乃さんは、いつも毅然《きぜん》としているじゃないか……！　出しゃばることはないけれど、意見を求められればしっかり返し、言うべきことはきちんと言う……。雰囲気に流されてしまいがちな僕にとって、好乃さんのような姿勢こそ憧《あこが》れで、出会った頃から、立派な女性だと思っていたんだ」

「そ、そうだったのですか……。……あの、本当に？」

「本当だとも！　こんな嘘なんか言うものか！　それにあなたは博識じゃないか……！　怪しい事件に出くわした時、小泉先生が助言を求めるのはいつもあなただ。あの先生と対等に渡り合える知識の持ち主など、帝国大学にもそうそういない……。やはり好乃さんは凄《すご》いんだ！」

「いや、それは……」

自分が人間の数倍生きている妖怪《ようかい》で、八雲もそれを知っているからだ……と言うわけにもいかず、好乃は答えを濁して目を逸《そ》らした。その反応を照れだと思ったのか、己之吉が胸を押さえて唸《うな》る。

「愛らしい……！」

「はい⁉　今、何と」

「『愛らしい』と言ったんだ……！　好乃さんは先ほど、自分のことを可愛げもないと評したけれど、そんなことはない、絶対にない！　少なくとも僕の目には、あなたの落ち着いた顔《かんばせ》も、意志の強そうな眼差《まなざ》しも、長い睫《まつげ》も、まっすぐな眉《まゆ》も、丸い肩も、細い指も、あなたの全てが愛らしく見えている！」

「そっ、そ、そうですか……。それはその……どうも……」

馬鹿か！　しっかりしろ、何を照れているんだ、私は……！

自分で自分を叱りつけながらも、好乃は顔が熱くなるのを感じてしまっていた。

赤くなった顔を隠すように好乃はうつむいて口をつぐみ、己之吉もまた、自分の発言が恥ずかしくなったのか黙り込む。

二人はそのまましばらく沈黙したが、ややあって己之吉がくしゃりと苦笑し、口を開いた。

「……す、すまない。急にこんなことを言われても困るだろう」

「いえ、そんな、困るだなんて……。驚いたのは確かですけれど」

「ありがとう。……好乃さんは優しいな。そういうところも好きだ」

顔を上げた好乃に向かって己之吉はそう言って微笑み、ふいに大きな溜息《ためいき》を落として夕焼け空を見上げた。

「──実は、近々、東京を離れることになったんだ」

「えっ？」

「先日、実家から手紙が届いてな。父の具合が思わしくないらしいんだ。畑仕事で腰を痛めて、ずっと寝込んでいるとか」

「そうだったのですか……。では、お父様のご看病のためにご帰郷を?」

「それもあるが、春からの田畑の支度は冬の間に済ませなければいけないし、うちは一応、地主だからなあ。小作の差配もある。そういう細々した仕事のためだ」

「なるほど……。このことは八雲先生には？」

「勿論《もちろん》、既にお伝えした。大学は休学の手続きを取ったが、父も年だからな……。一時的な帰郷では済まないかもしれない」

故郷の群馬の方を見やりながら、己之吉が言葉を重ねていく。好乃はようやく最近の己之吉が落ち着きを欠いていたわけを理解し、「だから私に？」と問いかけた。「そうだ」と己之吉が即答する。

「別れる前に、思いを伝えておきたかったんだ。次にいつ会えるか分からないから……。物凄《ものすご》く我儘《わがまま》な本音を言えば、あなたに付いてきてほしいけれど、それは無理だとは分かっている。こんなことを言われても、好乃さんが困るだけだということも分かっている。だから、返事は要らない。これは、単なる僕の我儘だから……」

己之吉はそう言って好乃に向き直り、寂しげな薄笑いを浮かべた。

「時間を取ってくれて、ありがとう。困らせてしまって申し訳ない」

取り繕うような、あるいは諦《あきら》めたような己之吉の笑み。それを見るなり、好乃はきっと顔をしかめていた。

「――謝らないでください」

「え」

「己之吉さんは、謝るようなことをしていないと思います」

まっすぐな声が日暮れ時の小さなお堂の前に響く。それは好乃の……いや、八尾好乃という人間に化けている妖怪の、心からの本音だった。

好乃が見据えた先で己之吉ははっと息を呑《の》み、そして柔らかく微笑んだ。

「ありがとう。好乃さんはやっぱり優しいな」

睨《にら》みつけられたにもかかわらず、己之吉は心から嬉《うれ》しそうな笑みを浮かべ、「あなたを好きになって良かった」と言い足した。

＊＊＊

その後、二人は帰宅し、いつものように八雲の家族とともに夕食を取った。

食事の後片付けや風呂《ふろ》などの日課が終わると、己之吉は自室に引っ込んだが、好乃は八雲の書斎を訪ねていた。

火鉢で暖を取りながら、ランプの灯《あか》りの下で原稿を書いていた八雲は、好乃が己之吉の休学と帰郷のことを持ち出すと、椅子ごと好乃に向き直って頭《かぶり》を振った。

「優秀な学生ほど、家の事情で学問をやめてしまいがち……。惜しいです」

「やめてしまう？　あいつはもう戻ってこないと言うのか？」

「残念ながら、その可能性低くない、私思います……。好乃、己之吉が帰郷すること、彼から聞いたのですか？」

「……ああ。今日の夕方、呼び出された時にな」

好乃はそう言って嘆息し、己之吉が自分を呼び出した理由やお堂の前でのやりとりについて――結局、己之吉の好意と要望に対して何ら返事をしなかったことまで――全てを包み隠さず話して聞かせた。

なぜこんなことを八雲に話しているのか、そもそも話すべきことなのか……？　という思いは好乃の中に確かにあったが、考えを整理するためにも、自分の事情を知っている誰かと情報を共有したいという気持ちの方が強かった。

八雲はいつもの穏やかな表情のまま黙って話に耳を傾け、やがて好乃の語りが一段落すると、なるほど、と独り言《ご》ちてからこう問いかけた。

「好乃、最初、自分の素性を知られたかもしれない思った、言いましたね。なぜそう思ったですか？」

「今の話でまず気になるのがそこなのか……？　まあ、お前らしいが……。この際隠す意味もないから話すが、先日の弓蔵の一件の時に――」

腕を組んだ好乃が、のっぺらぼうに化けて弓蔵を脅かしたことを明かすと、それを聞いた八雲は嬉々《きき》として右の目を輝かせた。

「いいですね……！　それ、とてもいい話です。顔のないゴーストの怖さ、安心したと思ったところで脅かされる意外性、最後に灯りが消える演出……！　最高にクール――粋です」

「それは褒めているのか……？」

「勿論です！　ところで好乃、顔が長い人間に化けるの得意、言いましたね？　私、それとよく似たものが、東京の紀伊国坂《きのくにざか》に出る話、読んだことあります。あれの正体、確か、カワウソでした。ですが、あれは東京の話です。場所が島根なら……そうですね。好乃、もしかしてあなた、むじなの精ですか？」

「……そうだ」

短い間の後、好乃はあっさり首肯し、「よく分かったな」と呆《あき》れてみせた。

この部屋で妖怪だと見抜かれて以来、伏せていた本性をこんなにもあっさり明かしてしまったのは、好乃としても意外だったが、なぜかごまかす気にはならなかった。

今の本題はそこではない、という気持ちの方が大きかったからだ。

八雲もそのことは分かっているようで、それ以上好乃の素性の話題を掘り下げようともせず、話を戻した。

「それで、あなた、己之吉にどう返事するつもりですか？　いえ、それ以前に、返事したい、思っていますか？」

「……正直、分からない」

「分からない……？」

「ああ。私に分かっているのは、あいつは物知らずな馬鹿だということくらいだ。あいつは私の正体を知らないから、あんなことが言えるんだ。妖怪《ようかい》と人間が一緒になれるはずなどないのに……」

やれやれと頭を振って好乃は呆れてみせたが、直後、好乃は、「己之吉の気持ちに応《こた》える」という選択肢を否定していない自分に気が付いて驚いた。

八雲もそのことには気付いたはずだが、あえてそこには触れず、「そうでしょうか」と問い返した。

「妖怪と人間が一緒になる話、世界中に、たくさん、たくさん伝わっています。勿論この日本にもあります。鶴女房、狐女房、蛇婿入り……いずれも有名な昔話ですし、他にも、女王蟻や樹木の精霊、絵に描かれた娘、蛙、鏡の精、亡霊などなど、人と結ばれた人ではないものの話、数え切れないほど存在します」

「相変わらず大した知識だな……。女王蟻と結ばれた話など、妖怪の私でも初耳だぞ。しかし、その連中の中に幸せに添い遂げたやつらがいるのか？　どうせ、いずれも破《は》綻《たん》しているんじゃないのか」

「それは好乃の言う通りですね」

「おい！」

あっさりとした肯定に好乃は思わず大きな声を出していた。

「お前は私を馬鹿にしているのか？」と好乃は八雲を睨みつけたが、八雲は動じる様子はなく、椅子に深く腰掛けたまま応じた。

「確かに、人と人でないものの恋、破綻で終わる話がほとんどです。全てがそうだと言ってもいいくらいです。ですが、それは必ずしも不幸ではない、私思います」

「どういうことだ……？」

八雲の言葉が理解できず、好乃は大きく眉《まゆ》をひそめた。訝《いぶか》る好乃を前に、八雲はいかにも熟練の教師らしい笑みを浮かべ、指を組み合わせて口を開いた。

「これは、私が若い頃の話ですが――」

＊＊＊

やがて己之吉が東京を離れる日となったが、その日は朝からあいにくの雪空で、東京市内でも二尺（約六〇センチメートル）余りの積雪が見られた。冬場なので雪は珍しくないとは言え、東京では珍しい本降りに、市内のあちこちで鉄道が止まった。

己之吉が群馬の実家に帰るには、まず新宿から上野《うえの》まで私鉄で移動し、そこから高崎までの汽車に乗って、後は徒歩という経路になる。己之吉は夕方に上野を出る汽車の切符を確保していたのだが、市内を走る鉄道は雪のためにいつ動くか分からない状況で、上野からの汽車も時刻表通りに運行しているとも思えない。そこで己之吉はひとまず上野まで歩き、汽車が動くのを待つことにした。

「小泉先生、それに皆様……。本当に、お世話になりました」

外套《がいとう》の上にゴム引きの防水マントを羽織り、トランクを提げて洋傘を差した己之吉が、八雲邸の玄関先で深々と頭を下げる。

妻や息子とともに見送りに出てきていた八雲は、「達者でいなさい」と己之吉を優しく労《ねぎら》い、そして傍らに控えた好乃に声を掛けた。

「好乃。この天気だと、己之吉一人では危険かもしれません。念のため、上野まで同行してくれますか？」

「承知しました」

「え？　いや、それは好乃さんにも申し訳ない……！　群馬ではこの程度は雪のうちに入りませんし、大丈夫です」

うなずく好乃を遮るように己之吉が慌てて口を挟む。だが八雲は「何かあってからでは駄目だから」と意見を曲げなかった。家主にそう言われてしまうと、下宿している書生としては逆らうわけにもいかない。元より好乃に異論はなく、好乃は防寒用の肩掛けを巻き、その上に油紙の合羽《かっぱ》を重ねて、已之吉に同行することになった。

「本当に申し訳ない、好乃さん。最後の最後までご迷惑を……」

「お気遣いなく。大した距離でもありませんから」

已之吉の掲げた傘の下で好乃はそっけなく応じた。市谷から上野までの距離はせいぜい一里（約四キロメートル）強で、道筋も外濠《そとぼり》から神田川《かんだがわ》へと沿って東へ進み、神田明神あたりで北上すればいいだけなので、迷うこともない。それを聞いた已之吉は「そうだな」とだけ相槌《あいづち》を打ち、傘の下から雪空を見上げた。

それからしばらく、二人は、踏み固められた雪道の上に積もった新雪を踏み締めて黙々と歩いた。

近代的な大都市も突然の雪には弱いようで、普段ならそこらじゅうで見かける人力車や馬車はほとんど見当たらず、行き交う通行人の数も少ない。まだ午後だというのに、町は驚くほど静かだった。

「静かですね」と好乃がつぶやき、「雪は音を吸うからなあ」と已之吉が応じる。

「雪は、雨や霰《あられ》のようにうるさい音は立てないのに、周りの音を消してしまうだろう？　これが昔から不思議でなあ……。好乃さんの郷里の島根でも雪は降るのか？」

「降りますよ。もっとも、己之吉さんのお里のように、一晩で大人の背丈よりも高く積もったりすることはそうそうありませんが……」

しんしんと降り続ける雪の中、二人は一つの傘の下で肩を寄せ合い、川沿いの道を歩きながら、とりとめのない話を続けた。

勿論《もちろん》好乃の胸中には先日の告白のことがしっかり刻まれていたし、己之吉がそれを意識していないはずはないと確信できてもいた。

だが、二人は、あえてその話題に触れまいとしているかのように、当たり障りのない言葉ばかりを交わした。

「雪と言えば、先生のお宅に初めてお邪魔した時、地元の雪女の話をしたんだ。先生はたいそう喜ばれて、変わった先生だなと思ったことを覚えている」

「雪女というのは、雪の日に出て来るお化けのことですよね」

「それだ。有名な妖怪だから、先生も当然ご存じだったが、『地域差が面白いですね』と言われた」

「地域差ですか？」

「ああ。僕の地元の雪女は、大雪や吹雪の夜に現れる、白い着物の色白の美人で、通りかかった者に声を掛けてくるんだ。そこで怯《おび》えて背中を見せて逃げると殺されてしまうので、しっかり返事をしなければいけない……と、祖父母や村の年寄りから聞かされた。怖かったけれど、どれほど美しいのか一目見てみたいとも思ったな」

懐かしそうに己之吉が語る。「命を取られても？」と好乃が尋ねると、己之吉は決まりが悪そうに苦笑した。

「さすがにそこまでの勇気はなかったなあ。先生から聞いたけれど、松江の……好乃さんの地元の雪女はまた少し違うんだろう？」

「そうですね。色々な話がありますが、出雲《いずも》の雪女は基本的に、そこにいるだけ、通りかかった人を驚かすだけのお化けです。雪の日に出る白い着物の女というところは共通していますが、こちらの雪女は昼も出ます。昼間は雪の中からぬっと顔を出すだけで、夜になると、立ち木よりも高く伸びてあたりを見回し、吹雪の中に消えていく……と聞いています」

妖怪である好乃にとって地元の雪女は知人のようなものなので、「聞いています」も何もないのだが、それを明かすわけにもいかず、好乃は伝聞を装った。己之吉は松江の雪女の詳細は初耳だったようで、不可解そうに眉根《まゆね》を寄せた。

「よく分からないお化けだなあ。何がしたいんだ、それは」

「単に、そういう在り方のものだということなのでは？　全ての妖怪に目的があるわけでもないでしょう」

「ははあ、なるほど……。そういう見方はなかったな。さすが好乃さんだ」

己之吉は大いに感心し、目線を上げて「いよいよ降ってきたなあ」とぼやいた。

その言葉通り、八雲邸を出た頃は小粒だった雪はいつの間にか大粒に変わり、降る量も見るからに増えていた。まだ日は沈んでいないはずなのに視界はどんどん狭くなり、まるで世界が白一色に塗り潰《つぶ》されていくようだ。

「参ったなあ……。せめて吹雪《ふぶ》かなければいいんだが」

己之吉は祈るようにつぶやいたが、その願いは届かなかった。

程なくして、雪の勢いと比例するように風が吹き始めたのだ。

風は徐々に強くなり、垂直に降っていた雪がひらひらと――やがて、ごうごうと吹き荒れ始める。

「これは酷《ひど》い……！　好乃さん、僕の後ろに……！」

「は、はい……。失礼します」

好乃が言われるがまま己之吉の後ろに回ると、己之吉は傘を盾のように斜め前に向けたが、吹き荒れる風雪がそれだけで防げるはずもない。

よりにもよって風通しのいい川縁《かわべり》を歩いていたのが災いし、四方八方から凍える風が吹き付け、二人の体温はみるみるうちに奪われていった。

マントや合羽は雪や雨を弾《はじ》いてくれるが防寒機能は薄い。体が冷えていくのを感じながら、まずいな、と好乃は思った。

妖怪である好乃は命の在り方自体が並の動物とは違うので、この程度で参ることはないが、人間の己之吉はそうもいかないはずだ。ガチガチと歯を鳴らし始めた己之吉に、好乃は後ろから声を掛けた。

「己之吉さん、一旦《いったん》どこかで休みませんか？　天候が落ち着くのを待ちましょう」

「し、しかし、汽車の時間が……」

「この荒れ模様ですよ？　上野からの汽車もきっと止まっています。それに、この吹雪の中を無理に歩いたところで、どれほど進めるものですか。郷里のお父様が心配なのは分かりますが、ここで己之吉さんまで倒れてしまったらどうするのです？」

必死に前進しようとする己之吉の背に好乃が真摯《しんし》に訴える。

と、己之吉は、その通りだと納得したのか、あるいは好いた相手の言葉だったからか、もしくはその両方か、足を止めて振り向き、「分かった」とうなずいた。

周囲に雪を避けられるような建物は見当たらなかったが、神田川に架けられた橋の一つがすぐ近くにあったので、二人はひとまずその下へと避難した。

幸い、細かく組まれた橋脚と幅の広い橋桁《はしげた》は意外と雪を防いでくれており、足下の地面は乾いていた。空気は冷たいけれど、吹きさらしの中と比べると快適さは段違いだ。己之吉と好乃は、薄暗い土手に並んで座り込み、膝《ひざ》を抱えて一息を吐いた。

「いやあ、まさかこんなに荒れるとは……。東京の雪を甘く見ていたなあ。好乃さん、大丈夫か？」

「私は何とも……。己之吉さんが盾になってくださいましたから。それより、己之吉さんこそ大丈夫ですか？　だいぶ顔色がお悪く見えますが」

「何のこれしき！　これでも雪国育ちだからな」

歯を見せて笑ってみせる己之吉だったが、虚勢を張っているのは明らかだった。

何せ、顔色は悪く、唇は紫色で、歯は小刻みにカチカチと音を立てているのだ。

かじかんだ指を揉《も》み合わせながら、寒いな、と己之吉が声を漏らす。

「明るいうちに駅に着けると思っていたから、火種を持ってこなかったのは失敗だったな……。好乃さんは、もしかして燐寸《マッチ》でも」

「申し訳ありません。何も持ち合わせておりません」

「そうか……。ああいや、好乃さんが謝ることじゃない。ひとえに、付き合わせてしまった僕の責任で──はっくしょん！」

己之吉が盛大にくしゃみをした。どうやら、急激に体が冷えたせいで風邪をひきつつあるようだ。

膝を抱え、歯を鳴らして震える己之吉の姿を好乃は横目で見据え──そして、一息を挟んで口を開いた。

「……待っていろ。今、火の気を用意してやる」

抑えた声が橋の下に響く。

普段の好乃とはまるで違う口調に、己之吉が「好乃さん？」と目を丸くする。

だが、好乃はあえてそれを無視し、右手の人差し指を前方に伸ばした。

瞬間、好乃の双眸《そうぼう》が夕日のような橙《だいだい》色に染まり、伸ばした指の先の中空に、握り拳《こぶし》程の大きさの火球が現れる。

「えっ……」

己之吉が漏らした声が微《かす》かに響いた。

無から生まれ、宙に浮かんで燃え続ける炎の塊。

その、常識ではありえない現象を前に、己之吉は大きくぎょっと目を見開き、次いで好乃の変貌《へんぼう》に気付いて息を呑《の》んだ。

「好乃さん……⁉　こ、これは――」

「この火のことなら、『火の玉』でも『化け火』でも好きに呼べばいい。私たちにとっては初歩的な術だ。熱を伴わない陰火を出すこともできるが、今は普通の火の方がありがたかろう？　……ほら、遠慮せずに体を温めろ。近付きすぎると焦げるから気を付けろよ」

「え？　あ、ああ……」

おずおずと火の玉に手をかざしながらも、己之吉は、火の玉の光が投げかける好乃の影を見据えていた。

太い橋脚に浮かんだ好乃の影の形は明らかに人のそれではなく、尖《とが》った耳と長い尻《しっ》尾《ぽ》を備えている。

好乃はその影を一瞥《いちべつ》した後、自身も火の玉に手をかざし、肩をすくめて笑った。

「これは――」と己之吉が問い、「見ての通りだ」と好乃が微笑む。

「もう気付いているんじゃないのか？　私は人間じゃない」

「人間じゃない……？」

「そうだ。私は、お前たち人間が、妖怪だのお化けだのと呼ぶものだ。八雲の言葉を借りればゴーストというやつだ。信じられないだろうが、これは」

「……そ、それは知ってた」

「現実――何？」

己之吉が発した言葉に、好乃はぎょっと目を見開いた。

その動揺に呼応して火の玉が一瞬ぶわっと広がる。好乃は慌てて火の玉を元の大きさに戻し、「どういうことだ？」と問いかけた。橙色の目で見据えられ、己之吉がおずおずと口を開く。

「しばらく前、僕が弓蔵に殴り殺されそうになった時……。好乃さんは、のっぺらぼうに化けて、弓蔵を脅かして助けてくれたろう?」

「見ていたのか……」

あの時に聞いた気がした物音の正体を、好乃はようやく理解した。

やはり好乃を見ていた人間が——己之吉が——あの場にいたのだ。

好乃は自分の不覚を大いに恥じ、「驚いたろう?」と笑いかけた。

「それはまあ」と己之吉がおずおず応じる。好乃の態度が急変し、しかもその正体が妖怪だと明かされて動揺しているのだろう、警戒しているのが見て取れる。

「思いを寄せた相手が人ではなかったわけだからなあ……。びっくりしたのは確かだ。だ、だが……驚きはしたけれど、気持ちは揺らがなかった」

「……何?」

「むしろ僕はそのことに驚き、改めて確信したんだ。ああ、僕はやっぱりこの人のことが好きなんだ、と——」

「待て。お前、本気か……? ……いや、本気なのだろうな。お前がどういう人間かはよく知っている」

そう言って好乃は嘆息し、冷ややかな横目を己之吉に向けた。

「しかし、本当に分かっているのか、己之吉? お前が見ていた私の言動は、あくまで女中を装うための芝居に過ぎない。この姿すら、私の本来のものではないんだぞ。

無論、あの時見せたのっぺらぼうも同じだ。それでもなお、お前は私を好いていると言えるのか？」

「い……言える」

「無理をしなくていい。私は人ではないのだぞ。人ですらない、しかも素の姿を知らない相手を愛せる人間がどこにいる？」

「それは――だけど、人間だって、常に裸でいるわけじゃないだろう？」

「……何？」

「人だって服を着るじゃないか。時と場合に合わせて着飾るし髪も結うし、帽子も被《かぶ》るし化粧もする……！　その姿を見て好きになるのは普通のことだ！　だろう？」

「まあ、確かに……。いや、これはそういう話なのか？」

「す、少なくとも僕はそう思う……！　現に、僕の気持ちは今も揺らいでいない！　だから、誰かを好きになる時に、人だとか妖怪だとかは関係ない……と思う」

己之吉が好乃を見据えて告げる。その顔は嘘を言っているようには見えず、「もういい。これ以上話を続けても堂々巡りをするだけだ。そう悟った好乃は、となると、お前の気持ちはよく分かった」と素直に根負けを認め、ふっと笑みを漏らした。

「……確かに、あいつの言った通りだったな」

「あいつ？」

「八雲先生――小泉八雲だ。……実はな、お前に呼び出された後、私はあいつにそのことを話したんだ。私が、人と妖怪《ようかい》が一緒になることはできない、待っているのは破《は》綻《たん》だけだろう？　と言ったらな。あいつは、昔話を始めたんだ」

＊＊＊

「これは、私が若い頃の話ですが――」

卓上にランプが灯《とも》り、火鉢の中で炭が燃える静かな書斎で、八雲はゆっくりと話し始めたが、なぜかすぐに語りを中断し、眼前の好乃に問いかけた。

「好乃。あなたには、私が十七歳でイギリスの神学校を退学した話、していましたか？　十九でアメリカに渡ったことは？」

「どちらも初耳だが、それが何なんだ。もったいぶらずにさっさと話せ」

「失敬。同じ情報繰り返しては申し訳ない思って、確認しました。さて、これは、人にはあまり話していない……そして、記事や本にも一度も書いていないことですが、実は私、十七で学校を辞めた後、フランスという国に行っていました。好乃、フランス分かりますか？」

「名前くらいは知っている。西洋の大国の一つだろう。しかし、なぜそのことを秘している？　国の密命でも帯びていたのか？」

　話の方向が見えないことに好乃が苛立《いらだ》ち、顔をしかめる。それを聞いた八雲は噴き出し、首を大きく左右に振った。

「違います。私、特定の国に仕えたことありません。あの時のフランス行きも、ただの物見遊山でした。私、あの頃からゴースト・ストーリー好きでしたから、そういう話を求めて歩き回っていただけです」

「知ってはいたが物好きなやつだな……。で？」

「はい。その年の冬、フランスのある地方の古い村を訪れた時、女の姿で人を誑《たぶら》かし、時に殺すという、恐ろしい妖精《ようせい》の話聞きました」

「妖精というのは妖怪のようなものか」

「近いです。天然自然の精霊のようなものだと思ってください。それ聞いて興味を覚えた私、その妖精が棲《す》む言われた、寒い森を訪ねて……そこで、一人の女性に出会いました。緑のドレスの、髪の長い娘です。私、すぐに気付きました」

「何にだ」

「この女性、人間ではない、妖精だ、ということにです。同時に、私その娘に魅入られました。運命の出会いだ、私、思いました」

　そこで八雲は言葉を区切り、思い出を確かめるように目を閉じた。しみじみとした沈黙が書斎に満ちる。

少しの間を置いた後、好乃が「その妖精というのはそんなに美しかったのか？」と尋ねると、八雲は困ったような笑みを浮かべた。

「どうでしょう。よく覚えていません」

「……何？　運命の出会いなんだろうが」

「私、その頃から片目見えず、残った目も悪かったです。しかも夕方でしたから、彼女の姿、よく見えませんでした」

「それで惚《ほ》れたのか……？」

「はい！　よく見えずとも、彼女の声や香り、私、感じました。佇《たたず》まい、雰囲気、気配……。どんな言葉が相応《ふさわ》しいか、今でも分かりませんが、彼女の在り方そのものに、私は魅せられたのです。私、彼女のこと賛美しました。会えたことを喜びました。妖精が未《いま》だにこの世にいたことに感謝しました。でも、それ聞いた彼女、とても不思議そうでした」

「それはそうだろうな」

会ったこともないフランスの妖精に好乃は深く共感した。

今の八雲の話によれば、その妖精は人を誑かし、殺すこともある、危険なものとして語られていたらしい。そんな存在が、出会い頭に自分の正体を看破し、その上で賛美してくる人間に出くわしたら、困惑するに決まっている。

「その妖精も災難だったな」と好乃が感想を漏らすと、八雲は無言で苦笑し、話を続けた。

八雲の――当時の名前はラフカディオ・ハーンの――熱い言葉を聞いた妖精は、単に拍子抜けしたのか、もしくはその変わった人間を少しは気に入ったのか、美しい声でこう告げた。

――私を賞賛してくれた褒美に、お前を取り殺すことはしないでおこう。だが、ここで私に会ったことは、誰にも言ってはいけない……。

その言葉を残し、妖精の姿はかき消えた。

一人残されたハーンは、ひと時の出会いを噛《か》み締めながらあてどもない旅の日々に戻ったが、ある時に訪れた小さな村で、一人の娘と知り合った。

村外れの小さな家に一人で暮らすその娘とハーンは妙に相性が良く――「知り合った時点で惹《ひ》かれ合う予感がした」とハーンは語った――程なくして、ハーンは娘の家で暮らすようになった。

二人の生活はしばらく続いた。具体的に何年何か月と数えることはしなかったが、少なくとも収穫期を数回迎えたことは確かだった。

貧しく素朴ながら幸せな日々にハーンは幸福を感じていたが、一つ、気になることがあった。娘は時折、何かを考え込むような、あるいは何かを恐れるような表情を見せることがあり、その時に見せる面差しが、冬の森で見た妖精と似ている気がしたのだ。娘と妖精とでは顔かたちも背恰好《せかっこう》もまるで違うにもかかわらず、である。

他人の空似だろうと片付けてはみたものの、一度気にしてしまうと忘れることは難しく、疑念は残り、膨らんでいった。

そしてある冬の夜、ハーンが、火の傍で糸を紡ぐ娘を見ていた時のこと。

何を考えているのかと娘に問われたハーンは、つい口を滑らせて、森で出会った妖精の話をしてしまった。

――君に並ぶ程に魅力的な女性を見たのはあの時だけだ。もっとも、彼女は人間じゃなかったけれど。

ハーンがそう語るなり、娘は血相を変えて立ちあがり、ハーンを睨《にら》んだ。

――それは私だ。

――そのことを言ってはいけないと言ったのに……！

泣き叫ぶような悲痛な怒声とともに、娘の姿は白い霧となって消えていき――。

「……そして気が付くと、私は元の森に、一人佇んでいたのです。冬だったはずなのに、あたりの景色、春でした。村に戻って話を聞くと、私が森に入ってから、一年余り、過ぎていました」

八雲はそう言って話を締めくくり、昔を懐かしむように目を伏せた。

あまりにも非現実的な打ち明け話に、好乃は思わず「本当か？」と尋ねたが、八雲は肯定も否定もせず、「信じるかどうかはお任せします」と微笑んだ。

なお、小泉八雲──ラフカディオ・ハーンの経歴は、本人の残した記述、関係者らの証言、更には後世の研究者らの調査により、ほぼ詳《つまび》らかにされているが、十七歳でイギリスの神学校を退学してから、十九歳でニューヨークに渡るまでの期間は空白となっている。

一説によれば、ハーンはこの時にフランスを訪れていたとも言われているが、詳細は今日においても不明なままである。

＊＊＊

「先生の身に、そんなことがあったのか……」

吹雪を避けるために二人が潜り込んだ橋の下にて。好乃が灯《とも》した火の玉で暖を取りながら、好乃の話を聞いた己之吉は目を丸くして驚き、なるほど、とうなずいた。

「そういうことなら納得だ」

「ああ。若い頃にそんな経験をしていたなら妖怪《ようかい》に興味を持つのも当然だな」

――ゴースト、自分の正体を暴かれること、その存在を広められること、とても嫌います。西洋でも東洋でも同じです。私、よく知っています。

正体を見抜かれた日、八雲が口にした言葉を好乃は回想し、「私も色々と合点がいった」と言い足した。だが、それを聞いた己之吉は戸惑った顔を好乃に向けた。

「え……？」

「何だ。異論があるのか」

「ああ、いや、好乃さんの言うことももっともなんだが、僕が納得したのはそこじゃなくて……」

女中を装っていない好乃の言動にもそろそろ慣れてきたのだろう、己之吉の表情や言葉遣いは普段のものに戻っている。八雲邸でも聞き慣れたまだるっこしい口ぶりに、好乃は呆《あき》れて目を細めた。

「要するに何が言いたいんだ」

「ほら、さっき、先生が僕の郷里の雪女の話を喜ばれたという話をしただろう？　それから少し経った頃、先生が、ご自分で考えられた物語を僕に聞かせてくださったんだ。題はあるのかと聞いたら、先生は、『ゆきおんな』と答えられた」

そう言って、己之吉は八雲から聞いた「ゆきおんな」を語り始めた。

舞台は日本のどこかの雪深い土地。そこに暮らす若い樵《きこり》は、年老いた父親とともに毎日森に出かけていた。

ある激しい吹雪の日、帰宅を諦《あきら》めた二人は、無人の小さな小屋で一夜を明かすことにした。火の気のない寒い小屋で二人は身を縮めて寝入るが、夜中に若い樵がふと目を覚ますと、閉めたはずの戸が開いており、雪灯《あか》りの中、真っ白い、それはもう美しい女が小屋の中に立っていた。

女が父親に白い息を吹きかけると、父親は凍り付いて死んでしまう。

「雪女だ」と気付いた若い樵は怯《おび》えるが、それを見た女は笑い、こうささやいた。

——お前もこの年寄りのようにするつもりだったが、お前はまだ若いので、今は手を出さないでおいてやる。だが、このことを誰かに話せばお前を殺す。

そう言い残して女は姿を消し、後には、若い樵と、凍死したその父親が残された。

それから若い樵は、女のことを誰にも話さずに日々を過ごしていたが、ある時、旅をしていた美しい娘と出会う。

どちらからともなく惹かれ合った二人はめでたく結ばれ、樵の妻となった娘は何人もの子を産んだ。不思議なことに、どれだけ子を産み、年を重ねても、娘は若々しく美しいままだった。

樵は幸せだったが、ある夜、針仕事をする妻を見た樵はふと、「お前を見ていると、若い頃に見かけた白い女を思い出すことがある」と口にしてしまう。

それを聞いた途端に妻は豹変《ひょうへん》し「その女は私だ」と言い放った。

慄《おのの》く樵に妻は——雪女は、さらに告げる。

——そのことを言えば殺すと言ったろう。

——しかし今はもう子どもがいる。子供らのことを思えば、私にはもうお前を殺すことはできない……。

「そして雪女は、『子供たちの面倒をしっかり見ろ』と言い残し、雪煙のようになって消えてしまう。それっきり樵は妻に会うことはなかった……という話だ」

そう言って己之吉は語りを締めくくり、すぐ隣に座る好乃を見やって続けた。

「これを先生から聞かされた時、僕は、美しいが変わった話だなあ、と思ったんだ。昔話っぽいのだが、同時に昔話らしくないとでも言うか……。僕の知る雪女は、人間と結ばれるようなものではなかったからな。だから、どうして先生はこんな話を思いつかれたのか気になっていたんだが、好乃さんの話を聞いて納得できた。この物語はきっと──」

「……ああ。八雲自身の体験が元になっているんだろう。若い頃に出会った妖精《ようせい》を、日本古来の雪女に仮託したんだ。あいつらしいと言えば、あいつらしい」

好乃が体を揺すって苦笑し、好乃の肩と己之吉の二の腕が触れ合った。上着越しの感触に己之吉は顔を赤らめ、好乃はその純情な反応に呆れながら言葉を重ねた。

「それにしてもその『ゆきおんな』、確かにおかしな話だな。人でないものと人が結ばれる話はいくらでもあるが、その手の話では──特に嫁の方が人間ではない場合は、嫁は弱く、無害なものと決まっているだろうに。鶴女房も狐女房も、助けられた恩返しのために嫁となり、正体を知られるだけでそこにいられなくなってしまう」

「ああ、なるほど。言われてみればそうだな。昔話に出てくる『人でない嫁さん』は皆、立場が弱いわけか」

「そうだ。しかし今の話の雪女はその逆だ。終始、主導権を握っているし、無害でもない。勿論《もちろん》恩も返さない。樵の父親を殺しておきながら若い樵は見逃し、そいつが気に入ったから人間に化けて近づいて、約束を破られても『子供がいるから』と見逃してしまうんだぞ？　妖怪の私が言うのも何だが、そこまで気ままで自由な妖怪など、見たことも聞いたこともない……。不自然とまでは言わないが、あまりに非現実的な……おい、その目は何だ」

「いや、妖怪も『非現実的』とか言うのだなと思って」

己之吉が意外そうな顔でぼそりと答える。「悪いか」と好乃が橙色《だいだい》の瞳《ひとみ》で睨《にら》んでやると、己之吉は「気を悪くしたなら申し訳ない」と恐縮し、しみじみと感嘆の溜息《ためいき》を洩《も》らした。

「しかし、好乃さんは凄《すご》いなあ」

「……何がだ？　今の話のどこに感心するところがあった？」

「先生の『ゆきおんな』に覚えた違和感を見事に言語化してみせたじゃないか！　僕は、変わった話だな、とは思ったし、先生にも伝えたが、なぜそう感じたのかは上手《うま》く言葉にできなかったんだ。僕はまだまだ未熟だなあ」

肩をすくめた己之吉が自嘲《じちょう》する。やはり、好乃は、そんなことはないぞと言ってやろうかと思ったが、それに続く適当な慰めの言葉を思いつかなかったので、話題を逸《そ》らすことにした。

「それで？　八雲はどう言ったんだ？」

「え」

「だから、お前は『変な話だ』と感想を述べたのだろうが。それを聞いてあいつはどう言ったんだ？」

「――『確かに、そうかもしれません。でも、美しい話でしょう？』」

八雲の口ぶりを真似て己之吉が答える。八雲邸に長く下宿していただけあって、その口調は当人そっくりで、好乃の脳裏に穏やかだが自信に満ちた笑顔が浮かんだ。

「なるほど。八雲らしいな」

「だろう？　それと、話している間に思い出したんだが、あの時、感想を求められた僕は、幸せな生活は結局終わってしまうんですね、とも言ったんだ。すると先生は少しだけ淋《さび》しそうな顔をされたが、すぐにいつもの笑みを浮かべてこう言われた。『でも、消えないものもあります』と」

「消えないもの……？　何だ、それは」

「『時間』と『思い出』だ。『幸せだった時間も思い出も消えません』と、先生は僕に仰《おっしゃ》ったんだ。人間同士でも同じことで、破綻《はたん》や離別はいつか必ず来る。でも、幸せな時間があった事実は消えることはないだろう、と……」

雪の吹き込む橋の下の暗がりで、小さな火の玉に照らされながら、己之吉は八雲の言葉を口にした。その口ぶりは、ただ思い出を語るのではなく、今の自分自身に言い聞かせているようでもあった。

好乃は「そうか」とだけ相槌《あいづち》を打ち、ややあって、「……そうだな」ともう一度うなずいた。

「時間も思い出も消えない――か。似たようなことは私も聞いた」

「ああ。……妖精と出会った話を語った後、あの人間は――八雲は、こう続けたんだ。結末が別離だったとしても、彼女と過ごした時間はかけがえのないもので、その事実は変わることがないから、私は彼女と会えて良かった、と。そして、あいつはこうも言った。確かに、人と人でないものが出会い結ばれる話は概《おおむ》ね悲劇で終わってしまう。世界中のそういう話を聞き集めてきて痛感した。だが、結局のところ、人かそうでないかは関係ないのだと自分は思う……」

「関係ない？　どういうことだ？」

「同じことを私も尋ねた。あいつの答えはこうだった。曰《いわ》く、古い物語にどんな傾向があるにせよ、それに決断を左右される必要はない。結局の所、決めるのは当人なのだから――」

「決めるのは当人……」

「……そうだ。それを聞いて私はようやく、あいつが妖精の思い出を語ったわけが分かったんだ」

おそらく八雲は八雲なりに、好乃と己之吉のことを案じており、あれは彼なりの全力の助言だったのだろう。

……全く、お節介な人間め。

「好乃さんも？」

好乃は内心でつぶやき、思い出したように着物の袖《そで》をつまんでみた。しばらく火の玉にあたっていたおかげで、服は概ね乾いたし体も温まっているが、橋脚の向こうに見える夕空には、風雪がごうごうと吹き荒れている。

もう少しここにいてもいいか、と好乃は考え、膝《ひざ》を抱えて座り込んだ姿勢のまま、すぐ隣に座る己之吉へと顔だけを向けた。

「己之吉」

「な、何だ」

いきなり名を呼ばれた己之吉が動揺して好乃を見返す。その、純朴で善良な人間の顔を好乃はまっすぐ見据え、軽く息を吸ってから声を発した。

「遅くなったが、先日の返事をしようと思う」

「先日の……？」

「お前は、私を好いていると言ってくれたろう。できればともに来てほしいとも」

「い、言った……。でも、それが無理なのは分かっているから、返事は要らないとも言ったはずだけれど……」

「知るか。このまま別れてはこちらの寝覚めが悪いからな、元より、お前を送りながら話すつもりだったんだ。このことは八雲とも相談済みだ」

「そうだったのか。だから先生は好乃さんに同行するように……」

「そういうことだ。もっとも、ここまでの悪天になるとは思ってもみなかったし、こんな流れで正体を明かすつもりもなかったがな……。ともかく、これは私の勝手で、我儘《わがまま》だ。それでもいいなら聞いてくれ」

「好乃さん……」

好乃の声と表情に真剣さを感じ取ったのだろう、已之吉は短く息を呑《の》み、無言でうなずいた。

聞かせてくれ、と視線で促され、好乃が再び口を開く。

「――私には、自分に課した使命がある。それは誰に命じられたわけでもなく、やり遂げても何が得られるわけでもない。言ってしまえば無意味な意地のようなものかもしれないが……それでも、私にとっては大事なものだ。東京に来て、八雲を監視しているのも、その使命のためだ」

「全然知らなかった……。その使命というのは、まだ終わっていないのか？」

「ああ。だから私は八雲から離れるわけにはいかない、故に、私は、お前と一緒に行くことはできない。……すまない」

そう言って好乃は頭を下げた。「やめてくれ！」と已之吉が即座に切り返す。

「僕は好乃さんの事情をまるで知らなかった。困らせてしまって申し訳ない……。元より来てもらえると思っていたわけでもないし、好乃さんが真剣に考えて答えてくれただけでも、僕は充分に」

「最後まで聞け」

「嬉《うれ》し――え？」

「まだ私の話は終わっていないぞ？　せっかちな人間め」

好乃がこれ見よがしに呆《あき》れると己之吉は顔を赤らめた。まったく、と溜息を落とした上で好乃が続ける。

「確かに、お前と行くことはできないが……しかし、お前の気持ちは嬉しかった」

「え？　よ、好乃さん――本当か……？」

「……ああ、本当だ。妖怪《ようかい》は人を騙《だま》すものだが、嘘ばかり言うわけではない。だから、また会うことがあれば、同じ時間を過ごせるかもしれないとは思う」

「ほ……本当か……？　本当に？」

「くどいぞ。これは、私なりに思案して、八雲の話も踏まえて出した答えだ。まあ、返答が随分遅くなってしまったが――」

「構うものか！　ありがとう、帰郷する前に最高の土産ができた……！」

感極まった己之吉が目頭を擦《こす》り、心底嬉しそうな笑みを浮かべる。それに釣られて好乃が思わず微笑むと、己之吉はその笑顔に見入って静止し、数秒間沈黙した後、おずおずと声を発した。

「──好乃さん。お別れの前に、一つお願いがあるんだが」

「何だ？」

「手を──手を、握ってもいいだろうか」

緊張した面持ちの己之吉がおそるおそる右手を差し出す。何ともささやかなその「お願い」に、好乃は、八雲が「純朴で純情すぎる」と己之吉を評したことを思い出し、噴き出した。

「欲のない奴だな。……手だけでいいのか？」

好乃が己之吉に肩を寄せて笑いかける。そう来るとは思っていなかったのだろう、己之吉は驚いて顔を赤らめ、手を差し出した姿勢のまま声を発した。

「……な、なあ。さっきから気になっていたんだが……今の話し方と性格が、好乃さんの本性なのか？」

「まあな。幻滅したか？」

「え？　いや、そんなことはない……！　最初こそ驚いたけれど、ものの考え方は僕の知っている好乃さんのままだし、今の好乃さんもとても素敵だ」

「……何？」

「頼もしいし凜々《りり》しいし堂々としているし、それに加えて持ち前のその愛らしさは」

「やめろ」

羅列される賞賛の言葉を、好乃は思わず遮っていた。

少しからかってやるつもりだったのに、結局こうなってしまうとは……。

この人間といると、どうも調子が狂って仕方ない。

赤くなった顔を隠そうともせず眉《まゆ》をひそめる好乃を見て、己之吉は再度笑みを浮かべ、あなたに会えて良かった、と言った。

《コラム⑤　八雲の異類婚姻譚と「ゆきおんな」》

人間の男性と人間ではない女性との恋愛、いわゆる異類婚姻譚《たん》（異類女房譚）は、八雲にとって強い思い入れのあるテーマであった。来日前の著作では西インド諸島に伝わる精霊と人間の悲恋の物語を紹介しており、また、来日後に手掛けた同テーマの作品は、「安芸之介の夢」（相手は蟻）、「青柳物語」（同じく柳の精）、「衝立の娘」（絵の中の娘）、「忠五郎の話」（蛙）、「鏡の少女」（鏡の精？）等、極めて多い。

そのテーマの一つの結実ともいえるのが、若い樵《きこり》の巳之吉《みのきち》と雪女の恋を描いた「ゆきおんな」である。「怪談」に収録された本作について、八雲は武蔵国西多摩《むさしのくににしたま》郡調布《ちょうふ》村の農家の男性の語った話だと記しているが、出典となる伝承や記録は今日に至るまで発見されておらず、ほぼ全編が八雲の創作によるものと考えられている。

この「ゆきおんな」は、日本の伝統的な異類女房譚や雪女譚のセオリーからは大きく外れた内容となっているが、日本人の心に深く刺さる物語であったようで、文学作品として長く愛されることとなり、さらに戦後には地元の古老が語る昔話としてこの話が各地で採録されるケースも散見された。

本来は伝承されていなかったはずの、異邦人が明治時代に創作したこの物語は、その完成度ゆえに、「古くから語り継がれた地元の昔話」として地域に根付くまでに至ったのである。

エピローグ　八雲が遺《のこ》すもの　――「むじな」より

ハット思ッて提灯を差し付て見ると、コハ如何《いかに》高島田にフサ〳〵と金紗をかけた形姿《みなり》も賤しからざる一人の女が俯向《うつむけ》に屈んで居りますから、驚きながらも貴女どうなさいました卜聞と俯向《うつむい》たまゝ持病の癪が起りましてといふからヲゝ夫《それ》は嘸《さぞ》かしお困り、ムゝ幸ひ持合せの薄荷がありますから差上ませう、サゝお手をお出しなさいと言ふと、ハイ誠に御親切様にありがたう御坐いますと礼を述ながら、ぬッと上た顔を見ると顔の長さが二尺もあらうといふ化物（後略）

（「百物語」第三十三席「御山苔松」より）

空が完全に暗くなる頃、吹雪はようやく収まった。

小降りの雪がちらつく中、好乃と己之吉は橋の下から出て上野へ向かった。

上野駅に着いた時にはもうすっかり夜も更けていたが、時間が掛かったおかげで、鉄道の運行は徐々に再開されつつあった。もっとも、時刻表は大いに乱れており、どこ行きの列車がいつ出るのか全く分からない状態だった。

好乃が己之吉をホームで見送ろうとすると、己之吉は『高崎行きの汽車がいつになるか分からないのに、待たせるのは申し訳ない。もう遅いのだから好乃さんは帰ってほしい』と見送りを拒み、「夜道は物騒だからくれぐれも気を付けて」と言い足した。

好乃は、妖怪《ようかい》の夜歩きにどんな危険があるんだと呆《あき》れたが、何となく己之吉の要望を尊重してやりたくなったので――そんな気持ちになったのは自分でも不思議だった――二人は、乗降客でごった返す改札口でとある約束を交わして別れ、好乃は汽車に乗って市谷へと戻った。

＊＊＊

好乃が八雲邸に着いたのは、そろそろ日付も変わろうかという真夜中だった。

歓楽街ならいざ知らず、勤め人の住宅が並ぶこの一帯は普段から夜が早い。当然のように通りは暗く静まりかえっており、八雲邸の玄関にも閂《かんぬき》が掛かっていたが、書斎の障子窓だけは淡い灯《あか》りを纏《まと》っていた。

八雲はまだ起きているようだ。そう気付いた好乃がセツや一雄を起こさないようそっと戸を叩《たた》くと、すぐに戸が開き、夜着の上に綿入れを重ねた八雲が顔を見せた。

「お帰りなさい、好乃。遅かったので心配していました」

「軽く叩いただけなのに、よく聞こえましたね……。さすが先生」

「雪の夜、とても静かですからね。音、いつにもまして響きます。己之吉のこと、無事に見送りできましたか？」

「はい。途中で吹雪に振りこめられてしまいましたが、上野駅までお送りしてきました。もう列車も動き始めていましたので……」

湿った紙合羽《がっぱ》を玄関の土間に干しながら好乃がいきさつを説明すると、八雲は安堵《あんど》し、ところで、と含みのある笑みを浮かべた。

「今から書斎に来てもらいたい、いいですか？」

「今からですか……？」

「はい。勿論《もちろん》、今日でなくても構いません。疲れているなら明日《あした》にしますが」

「気遣いは無用だ。私は人間ではないんだぞ。この程度で疲れるものか」

好乃は素の口調で呆れ、上り框《かまち》に立つ八雲をじろりと見上げた。

「それで、何の用だ？」

「はい。実は、好乃に、私の書いたもの、読んでほしいのです」

「何？　まあ、読むくらいは構わないが……お前の書いている原稿は英語だろう。私は英語を読めないぞ」

「ご安心ください。私、友達や学生たちに、書いたものの内容確かめてもらいたい、思って、ママさんに手伝ってもらって、少しずつ、原稿を日本語に直していました。今夜、その作業、一段落ついたところです」

さあ、と書斎に誘いながら八雲が笑った。

八雲が書いている原稿は、主に英語圏向けに、日本の文化や習俗を紹介する内容のものだということは好乃も知っている。日本を扱った文章だから現地人の感想が欲しいということらしい。好乃は、「分かった分かった」とうなずき、八雲に続いて書斎に向かった。

書斎の机の上には、八雲愛用のランプが静かに燃えていた。

八雲は好乃に座るように言い、火鉢で沸いていたお湯で淹《い》れたお茶とともに、日本語で記された原稿の束を差し出した。

「これ、私が日本で集めたゴーストの物語の一部です。ある程度まとまったら本にしたい思っていて、一冊目は、『KWAIDAN』という題、考えています」

「『怪談』……？　捻《ひね》りのない題だな」

ぞんざいな返事とともに好乃は紙束を受け取り、お茶を一口飲んでから紙面に目を落とした。


そして、その十数分後。

「これは……どういうことだ？」

原稿を読み終えた好乃は戸惑いの声を漏らしていた。

自分用の椅子に腰かける八雲が「どうしましたか？」と尋ねる。

「好乃、なぜ驚いていますか？　そこに書いてある話、どれも、好乃、知ってるはずです。それとも、知らないゴースト、出てきましたか？」

「いや、そんなことはないが――」

床に正座したまま、好乃は八雲の問いに首を横に振った。

確かに八雲の言う通り、手元の紙束に記されていたのは、好乃のよく知る――しかも、好乃がこの家に来てからの出来事と結びついた――話ばかりであった。

人の死体を食う鬼になってしまった僧侶《そうりょ》。

亡霊に魅入られ、耳を奪われる琵琶《びわ》の名手。

万人を翻弄《ほんろう》し、最後は絵の中に消える伝説の幻術使い。

茶碗《ちゃわん》の中に浮かぶ見知らぬ武士の幻。

そして、雪女やのっぺらぼう……。

いずれも好乃にとっては既知の怪談で、八雲がこれらの話を把握していることも好乃はよく知っている。知っているが、と好乃は思った。

「しかし……これは、違う」

「違う？」

「そうだ。いずれも元の話はお前から聞かされたし、原話をこの目で読んだこともある。だから分かるんだ。ここにあるのは、元の話とよく似てはいるが、異なった物語ばかりじゃないか」

いつものように穏やかな表情の八雲を、好乃は眉《まゆ》をひそめて見返し、原稿を摑《つか》んだまま「たとえば」と続けた。

「この琵琶法師の芳一の物語の終わり方。耳を失い亡霊との交流が潰《つい》えた代わりに、現世で富と名声を得た、というくだりは、元の話にはなかっただろうが。茶碗の中の幻の話からは、武士から武士への懸想の要素がなくなって、不可解で不気味な怪談になっているし、食人鬼や果心居士の話は、あらすじこそ原話通りだが、細部や心情描写がかなり足されている。雪女に至っては、お前が一から考えた話じゃないのか？」

「おお、よく知っていますね。己之吉から聞きましたか？」

「そうだ。それにこの紀伊国坂ののっぺらぼうの話……！　題は『むじな』となっているが、これは本来、カワウソが顔の長い怪人に化ける話だったはずだ。なのに、のっぺらぼうが出てきて題が『むじな』だったら――これはもう、半分くらい私の話じゃないか……！」

「そうですね。そこ、好乃の話、参考にしました」

あっさり認める八雲である。好乃が絶句すると、八雲は温和な表情のまま言った。

「だから、モデル――お手本の許可取りたくて、まず好乃に読んでもらったのです。そうそう、雪女の話、主人公の名前を『ミノキチ』にしよう、思っていますが、好乃、どう思いますか？」

「何？　まあ、いいんじゃないか？　確かに、この惚《ほ》れっぽさと善良さはあいつらしいし……いや、そんなことよりだ！　なぜだ？」

「なぜ話を変えたんだ？　お前は、妖怪《ようかい》たちの話を書き残したいから――記録したいからこそ、集めていたんじゃないのか……？」

好乃が八雲をまっすぐ見据えて問いかける。

妖怪としての本性が漏れているのか、その瞳《ひとみ》は橙《だいだい》色の光を纏いつつあったが、八雲は一切動じることなく、きっぱりと首を縦に振った。

「そうです」

「だったらどうして――」

「私、何度も言いました。書かれた話は定まったものですが、語られる話は語り手によって自由に形が変わります。特にお化けの話、その人の言葉で語らないと、話の持ち味、消えてしまいます。これ、私の信念です。好乃も知っていますね？」

「確かに知っているが……」

「でしょう？　これ、信念ですから、自分で書く時もそうします。書いた時の私、こっちがいい、これでいい、思ったから、そう変えました。それだけです」

「それだけ……？　いや、しかし……それは、いいのか？」

「学問的にはとても悪例ですね。記録する者は、真摯《しんし》にありのままを記すべし。これ、研究者や学者なら、当然の鉄則です」

「そうだろう？　だったら」

「あいにく私、研究者でも学者でもありません。私、作家です。少なくとも、そう思っています。だから自由に改変します」

好乃の反論より早く八雲が言い切り、念を押すように深くうなずく。

その堂々とした——ある意味、開き直りにも見える——態度に好乃は再度言葉を失い、ややあって、大きな大きな溜息《ためいき》を落とした。

「……そうだな。お前はそういう人間だった」

「お褒めに与《あずか》り恐悦至極に存じます」

「よくそんな言い回しを知っているな……。褒めたつもりはないんだが……。しかし、そういうことなら——お前が書く物語がこういうものならば」

そこで好乃は言葉を区切り、原稿を一瞥《いちべつ》した後、八雲に視線を戻して告げた。

「小泉八雲。私は、お前を許さなければならない」

よく通る声が深夜の書斎に響く。

落ち着いた声での宣告に、八雲ははっと息を呑《の》み、ああ、と一声唸《うな》った。

「そうか……。そういうことだったのですね。もしかして、とは思っていましたが……私が、あなたたちから盗んだものは、ゴーストたちの物語だったのですね」

元々大きな目をさらに見開きながら八雲が尋ねる。

そうだ、と好乃がうなずく。

「果心居士の一件の時に真見が言ったように、私たちは、この世界に確固たる実体を持たない幻のような存在だ。お前たち人間が血筋や家に拠《よ》って立つように、私たちは語りや話に誇りを仮託している。……島根にいた頃、お前たち西洋人は、自分たちより下と見なした文明の住人を、まるで虫や草木の標本のように集め、展示することがあると聞いた」

「……『人間動物園』ですね」

「そうだ。同じ頃、ヘルン先生と呼ばれる西洋人が、私たちの物語を本にまとめるために集めていると知ったんだ。……私は、ひどく腹が立った」

ランプだけが灯った書斎に好乃の語りが淡々と続く。黙って耳を傾けていた八雲は、抑えた声で「その怒り、当然です」と漏らした。

「だから私のところに来たですか？」

「ああ。仲間たちは放っておけと言ったが、上からこちらを見下してくる連中に、私たちの物語を勝手に集められるのは……盗まれるのは、耐えられなかった。お前が、盗んだ話を本にして広めるのを止めたくて、そのために私はここに来たんだ。……だが、お前は話を変えてしまった」

そう言って好乃は手元の原稿に目をやり、それを八雲に差し出した。

「これは確かに私たちの物語だが、同時に、お前の作品だ。お前が、お前自身の言葉で紡いだ、お前の物語だ。純粋な記録でないのなら……私は口を出すつもりはない」

「好乃……。ありがとうございます」

感極まった声に続いて、八雲が深々と頭を下げる。

年若い女中を前にした一家の長の態度としては絶対にありえない程に、八雲は深く長く頭を下げ、やがて顔を上げて嬉《うれ》しそうに笑った。

『むじな』の話、気に入っているので、そう言ってもらえて安心しました。特に、最後にふっと暗くなるところ、好乃から聞いた演出、そのまま使わせてもらいました」

「あれは演出ではなく幻術なんだがな」

「そこは見解の差ですね。ところで好乃、私を放免するということは、もう監視する必要はなくなったいうことですね？　女中、辞めてしまいますか？　残ってくれると嬉《うれ》しいのですが……」

「何？　ああ、そうだな。確かに辞めてもいいんだが……お前が良ければ、もうしばらくはいさせてもらいたい」

好乃はそう言って一礼し、「己之吉と、またこの家で会おうと約束してしまったからな」と抑えた声で言い足した。それを聞いた八雲は「ほう！」と嬉しそうな声をあげたが、直後、その口から大きな欠伸《あくび》が漏れた。

「ふわあああ……。さすがにそろそろ眠いですね。今の話の続き、明日《あした》聞かせてもらおう思います。好乃ももう休んでください。遅くまで、すみませんでした」

「気にするな。私は人でない身だからな」

立ち上がった八雲に好乃が落ち着いた笑みを向ける。だが、原稿を机に戻した八雲がランプを手にして書斎を出ようとした時、好乃は思わず問いかけていた。

「待った。せっかくの機会だから、もう一つだけ聞いていいだろうか」

「何でしょう？」

書斎の戸に手を掛けた八雲がきょとんと振り返る。好乃は眉《まゆ》をひそめ、この家の主人の眠たげな顔を見返した。

「お前は、国外では、異国の文化を紹介する随筆家として認められていると聞いている。そして国内では帝大の講師という地位も得ている……。地位も名声もあるのに、なぜ怪談を集めるんだ？」

「どういう意味です？　私のゴーストへの思い入れのことは──」

「思い入れがあるのは知っている。きっかけも聞いた。……だが、どんな動機であれ、異国人のお前が、ここまで日本の怪談を集めるのは大変だったはずだ。妖怪の私が言うのもおかしな話だが、今の日本では、お化けは古臭くて馬鹿馬鹿しい迷信だからな。

それは西洋でも同じじゃないのか？」

「そうですね。好乃の言う通りです。近代科学の時代ですから、ゴーストに着目する好事家など、そうそういない、私、思います」

「そうだろう？　なのになぜお前は、英語で、日本の古いお化けの話を書こうとしているんだ？　それは誰かに届くのか？　その行為に……意義はあるのか？」

怪訝《けげん》そうな、あるいは心配そうな表情で、好乃が八雲に問いかける。

と、八雲はほんの少しだけ沈黙し、首をゆっくりと左右に振った。

「……分かりません」

弱々しく寂しげな微笑を浮かべながら八雲が言う。

好乃にとって、こんなにも弱そうな八雲を見るのは初めてだった。

思わず黙り込んでしまった好乃の前で、八雲は机の上の原稿を見やり、ですが、と続けた。

「私、集めざるを得ませんでした。書かざるを得ませんでした。今、古い話、ゴーストたちの物語、どんどん消えていっています。忘れられています。自分が美しいと思う話、消えるのを防ぎたい、素晴らしい形で残したい……。そう思ったから、私、話、集めました。書きました。ただ、それだけです。願わくは、誰かに届いてほしいですが——」

「当てはないのか」

「残念ながら……。そうだ。好乃、あなたに託してもいいですか？」

ふいに八雲が右の目を輝かせた。突然の指示に好乃が「何？」と面食らうと、八雲は好乃を見返し、口早に続けた。

「私の書いたもの、受け取ってくれる人がいるかどうか、意義があるかどうか……。それを確かめてほしいです。今は相手にされなくても、十年後、数十年後、もっと後にどうなるかは分かりません。私の書くもの、英語ですが、もしかしたら日本語に訳されて、この国に根付くかもしれません」

「おそろしく楽観的な上に気が長い話だな……。数十年後かもっと後ともなると、その頃、お前は」

「はい。間違いなく、この世にいないです。ですが好乃、あなたは人間じゃないから長生きできますね？　だから、見届けてくれると嬉しいです」

ランプを手にしたまま八雲が好乃に微笑みかける。

ランプの油が切れかかっているのだろう、か細く揺れる弱々しい炎が八雲の顔を照らし出す。その、ここに来て以来すっかり見慣れた穏やかな笑顔を前に、好乃は軽く嘆息し、「気が向いたらな」と苦笑した。

《コラム⑥「むじな」のアレンジと、その後の八雲の怪談》

「むじな」は「怪談」に収録された短編であり、紀伊国坂に出るのっぺらぼうを扱った本作は、八雲の怪談を代表する一編として知られている。タイトルからはむじなが起こした怪異を描く物語だと類推できるが、本文中ではその正体は明言されない。

この話の原話は「百物語」（一八九四年）内の一話と考えられているが、出典となる怪談に現れるのはのっぺらぼうではなく顔が異様に長い怪人で、その正体はカワウソだと明かされている。八雲が怪異の容姿をのっぺらぼうへと改変した理由については、彼のトラウマであった従姉《いとこ》のジェーンそっくりの怪異との関連が指摘されているが、なぜ「カワウソ」ではなく「むじな」というタイトルを付けたのかは不明である。

なお、八雲はこれらの怪談を熱心に蒐集《しゅうしゅう》し、語り直して発表することを続けたが、存命中にその活動が評価されることはほとんどなかった。生前の八雲は英文表現や文章力こそ評価されたものの、教科書などに取り上げられる文章は随筆が多く、彼が心血を注いだ怪談についてはほぼ無視されていた。近代化が推し進められた明治時代において、怪談や奇談は、教育理念に反した前時代的で無価値な迷信と見なされていたためだ。

古典怪談蒐集家であり再話者としての小泉八雲が評価されるようになるのは、太平洋戦争を経て日本の在り方が大きく変動した後、民話の文化的な価値が認められ、妖怪《ようかい》や怪談が娯楽として定着して以降のことである。

あとがき

本作は、明治期の文筆家・小泉八雲《こいずみやくも》（旧名ラフカディオ・ハーン、以下敬称略）と、その代表作とされる「ＫＷＡＩＤＡＮ」（怪談）をモチーフにしたフィクションです。実在の人物・場所・記録・伝承等を参考にしていますが、物語の都合に合わせて改変している箇所も多々あります。作中の家の構造は私の想像によるものですし、主要登場人物である好乃《よしの》や巳之吉《みのきち》は実在しません（八雲については研究が進んでおり、周辺の方たちも多くの記録を残しているので、同居していた書生や女中などの人数や名前はかなりの精度で特定できてしまいます）。その他、多くの点が史実と異なっておりますが、フィクションということでご容赦いただければ幸いです。

閑話休題。妖怪や怪談がお好きな方なら「耳なし芳一」や、「こんな顔だったかい？」と言いながら顔を見せるのっぺらぼう、男と結婚するが正体がバレて去っていく雪女の話などはご存じだと思います。今ではすっかり定番となったこれらの話を掘り起こして（あるいは創作して）紹介し、根付かせたのが小泉八雲という人物です。日本の怪談奇談を集めた方は大勢いますが、八雲には他の方々にはない特徴が二つあると思っています。一つは英語で書いて英語圏に広めたこと。そしてもう一点が、話をアレンジしたことです。原話を勝手に改変していいのか？　という意見も勿論《もちろん》ありましょうが、八雲の近代的で相対的な視点からの自由なアレンジあってこそ、芳一やのっぺらぼうや雪女は今の知名度を獲得できたのだと思います。そんな風に日本で長く愛される怪談を、海外から来た異邦人が書けたのはなぜなのか。そんな疑問が本作を思いついたきっかけでした。オリジナルキャラである好乃や己之吉も書きやすく、筆者としては大変楽しく書かせていただきました。

さて、本作の刊行に際しては多くの方のお世話になりました。イラストレーターのこより様、怪しくも美麗な表紙をありがとうございました。担当編集の岸本亜紀《きしもとあき》様、お声がけありがとうございました。また、小泉八雲記念館の学芸員様や國學院《こくがくいん》大學の飯倉義之《いいくらよしゆき》様には、執筆に際し貴重な情報のご教示を賜りました。この場をお借りしてお礼申し上げます。

そして最後に、ここを読んでくださっているあなたにも大きな感謝を。少しでも楽しんでいただけたなら幸いです。あわせて、小泉八雲という人の功績や作品、八雲が生きた時代などについて思いを馳《は》せていただければ何よりです。

では、ご縁があればまたどこかで。お相手は峰守《みねもり》ひろかずでした。良き青空を！

二〇二四年十月吉日　　峰守ひろかず

主要参考文献

KWAIDAN（LAFCADIO HEARN 著、雙魚書房、一九三七）
怪談・奇談（小泉八雲著、平川祐弘編、講談社、一九九〇）
神々の国の首都（小泉八雲著、平川祐弘編、講談社、一九九〇）
明治日本の面影（小泉八雲著、平川祐弘編、講談社、一九九〇）
日本の心（小泉八雲著、平川祐弘編、講談社、一九九〇）
新編　日本の怪談（ラフカディオ・ハーン著、池田雅之編訳、角川学芸出版、二〇〇五）
小泉八雲怪談奇談集　上（小泉八雲著、森亮他訳、河出書房新社、一九八八）
小泉八雲怪談奇談集　下（小泉八雲著、森亮他訳、河出書房新社、一九八八）
怪談（ラフカディオ・ハーン著、円城塔訳、ＫＡＤＯＫＡＷＡ、二〇二二）
小泉八雲　回想と研究（平川祐弘編、講談社、一九九二）
没後１００年記念　小泉八雲展　図録　Lafcadio Hearn　ラフカディオ・ハーン（小泉凡監修、アートプランニングレイ、二〇〇四）
季刊　民族学　１７０　特集：小泉八雲の怪異探求（千里文化財団、二〇一九）
別冊太陽　日本のこころ　３００　小泉八雲　日本の霊性を求めて（平凡社、二〇二二）
小泉八雲　思い出の記　父「八雲」を憶う（小泉節子・小泉一雄著、恒文社、一九七六）
思ひ出の記（小泉節子著、ハーベスト出版、二〇二四）

「雪女」、百年の伝承──辺見じゅん・木下順二・鈴木サツ・松谷みよ子・そしてハーン（遠田勝著、幻戯書房、二〇二三）
日本怪異妖怪大事典（小松和彦監修、小松和彦・常光徹・山田奨治・飯倉義之編、東京堂出版、二〇一三）
明治大正史　世相篇　新装版（柳田國男著、講談社、一九九三）
日清・日露戦争（岩波新書　シリーズ日本近現代史③）（原田敬一著、岩波書店、二〇〇七）
文学と魔術の饗宴・日本編（斎藤英喜編著、小鳥遊書房、二〇二四）
新宿の歴史と文化　新宿区立新宿歴史博物館常設展示図録　新装版（新宿区立新宿歴史博物館・新宿未来創造財団編、新宿区立新宿歴史博物館、二〇一三）
文豪と怪奇（東雅夫著、KADOKAWA、二〇二二）
遠野物語と怪談の時代（東雅夫著、角川学芸出版、二〇一〇）
催眠術の日本近代（一柳廣孝著、青弓社、一九九七）
〈こっくりさん〉と〈千里眼〉・増補版　日本近代と心霊学（一柳廣孝著、青弓社、二〇二一）
明治・大正期の科学思想史（金森修編、勁草書房、二〇一七）
日本鉄道史　幕末・明治篇（老川慶喜著、中央公論新社、二〇一四）

この他、多くの書籍、雑誌記事、博物館等の展示、ウェブサイトを参考にさせていただきました。

本書は書き下ろしです。

小《こ》泉《いずみ》八《や》雲《くも》先《せん》生《せい》の「怪《かい》談《だん》」蒐《しゅう》集《しゅう》記《き》

峰《みね》守《もり》ひろかず

令和６年 12月25日　初版発行

発行者●山下直久

発行●株式会社KADOKAWA
〒102-8177　東京都千代田区富士見2-13-3
電話　0570-002-301（ナビダイヤル）

角川文庫 24458

印刷所●株式会社暁印刷
製本所●本間製本株式会社

表紙画●和田三造

ISBN 978-4-04-115460-1　C0193

角川文庫発刊に際して

角川源義

第二次世界大戦の敗北は、軍事力の敗北であった以上に、私たちの若い文化力の敗退であった。私たちの文化が戦争に対して如何に無力であり、単なるあだ花に過ぎなかったかを、私たちは身を以て体験し痛感した。西洋近代文化の摂取にとって、明治以後八十年の歳月は決して短かすぎたとは言えない。にもかかわらず、近代文化の伝統を確立し、自由な批判と柔軟な良識に富む文化層として自らを形成することに私たちは失敗して来た。そしてこれは、各層への文化の普及滲透を任務とする出版人の責任でもあった。

一九四五年以来、私たちは再び振出しに戻り、第一歩から踏み出すことを余儀なくされた。これは大きな不幸ではあるが、反面、これまでの混沌・未熟・歪曲の中にあった我が国の文化に秩序と確たる基礎を齎らすためには絶好の機会でもある。角川書店は、このような祖国の文化的危機にあたり、微力をも顧みず再建の礎石たるべき抱負と決意とをもって出発したが、ここに創立以来の念願を果すべく角川文庫を発刊する。これまで刊行されたあらゆる全集叢書文庫類の長所と短所とを検討し、古今東西の不朽の典籍を、良心的編集のもとに、廉価に、そして書架にふさわしい美本として、多くのひとびとに提供しようとする。しかし私たちは徒らに百科全書的な知識のジレッタントを作ることを目的とせず、あくまで祖国の文化に秩序と再建への道を示し、この文庫を角川書店の栄ある事業として、今後永久に継続発展せしめ、学芸と教養との殿堂として大成せんことを期したい。多くの読書子の愛情ある忠言と支持とによって、この希望と抱負とを完遂せしめられんことを願う。

一九四九年五月三日